DU MÊME AUTEUR

Aux Éditions Gallimard

TROIS CHEVAUX
MONTEDIDIO
LE CONTRAIRE DE UN
NOYAU D'OLIVE
ESSAIS DE RÉPONSE
SUR LA TRACE DE NIVES
COMME UNE LANGUE AU PALAIS
LE CHANTEUR MUET DES RUES (en collaboration avec François-Marie Banier)
AU NOM DE LA MÈRE
PAS ICI, PAS MAINTENANT
QUICHOTTE ET LES INVINCIBLES (hors-série DVD, avec Gianmaria Testa et Gabriel Mirabassi)
LE JOUR AVANT LE BONHEUR
TU, MIO
LE POIDS DU PAPILLON
ACIDE, ARC-EN-CIEL
PREMIÈRE HEURE
ET IL DIT
ALLER SIMPLE
EN HAUT À GAUCHE
LES POISSONS NE FERMENT PAS LES YEUX
LE TORT DU SOLDAT
LA PAROLE CONTRAIRE
UN NUAGE COMME TAPIS
HISTOIRE D'IRÈNE
LE CAS DU HASARD (avec Paolo Sassone-Corsi). Escarmouches entre un écrivain et un biologiste
LE DERNIER VOYAGE DE SINDBAD
LE PLUS ET LE MOINS
LA NATURE EXPOSÉE
UNE TÊTE DE NUAGE
LE TOUR DE L'OIE
IMPOSSIBLE

Au Mercure de France

LES SAINTES DU SCANDALE

Aux Éditions Seghers

ŒUVRE SUR L'EAU

DIABLES GARDIENS

ERRI DE LUCA

ALESSANDRO MENDINI

DIABLES GARDIENS

Traduit de l'italien par Danièle Valin

nrf

GALLIMARD

Titre original :

DIAVOLI CUSTODI

Merci à Silvia Giuli et Paola Porrini Bisson
qui ont imaginé et voulu cette rencontre,
en l'accompagnant jusqu'à la dernière planche
d'Alessandro Mendini et jusqu'à ma dernière ligne.

LA POESIA È LA SALVEZZA DEL MONDO
POETICHE
POETICHE
POETICHE
POETICA È LA PERSONA CHE LA PRATICA
POETICA È LA ARCHITETTURA CHE LA ESPRIME
POETICA È LA SOCIETÀ CHE LA VIVE

Préface

L'image et l'écriture s'affrontent quand elles sont mises ensemble. L'image, qui a le public le plus large, utilise l'écriture comme sa propre légende. L'écriture, de son côté, veut que l'image soit son illustration.

En l'occurrence, les hostilités sont suspendues. Ici, l'image a la priorité et c'est elle qui est à l'origine de la page de droite qui suit.

Introduction aux monstres

Un enfant dyslexique dessine minutieusement des pages de monstres. Leur donner une forme en réduit l'immensité, l'intensité et l'angoisse. La feuille les emprisonne avec ses bords. Plus ils sont nets, mieux ils sont domptés. L'enfant dyslexique est un dompteur, il descend à tout moment dans la cage aux fauves. Hors de l'arène et des hauts grillages, les enfants du même âge sont à l'abri, eux qui vont à l'école pour s'amuser avec zèle, sans risquer leur vie.

Alessandro Mendini s'implique dans les cauchemars minutieux de l'enfant, il les compare aux siens et dirige sur lui-même la pointe de crayon avec laquelle il a redessiné les objets du monde. À la manière du premier homme qui donnait des noms aux animaux créés antérieurement, il renomme les objets par son dessin et les transfigure. Comme Adam, il brevette à nouveau le monde et ses choses.

Ses œuvres se trouvent dans des musées et des vitrines. Ici, il y a ses monstres, sans vitre de séparation.

Je ne dessinais pas, je n'ai pas dessiné. Les monstres débridés de mes cauchemars me poursuivaient, mais je ne me retournais pas. Ils m'attaquaient par-derrière, je ne les ai pas vus de face. J'en connaissais la respiration, la prise, mais pas la forme. Puis je les ai reconnus dans les histoires écoutées.

Ils sont ici dans leur sérail, en forme de puits et d'épave, de tunnel et de précipice. Les monstres sont les diables gardiens de l'enfance, aucun ange ne peut les tenir en respect.

LES DESSINS DE PIETRO

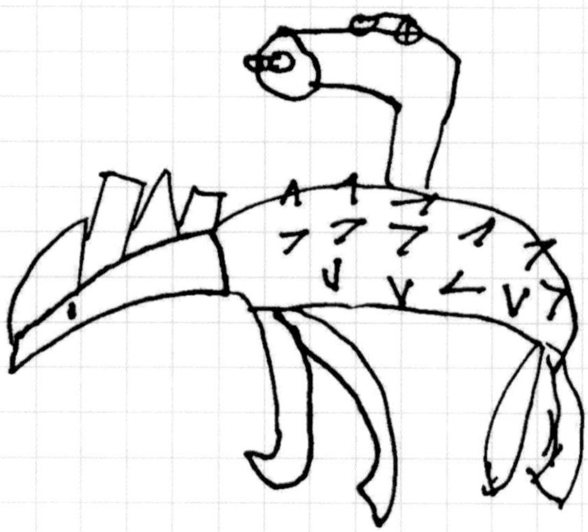

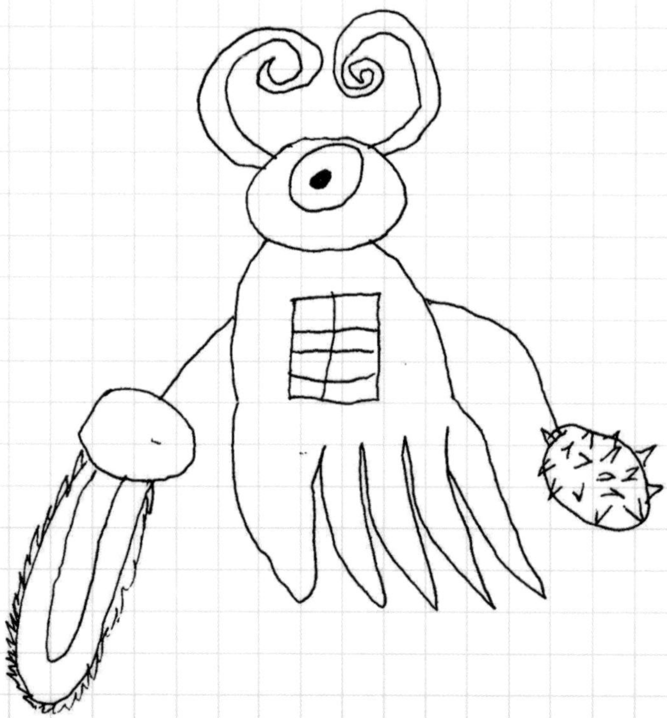

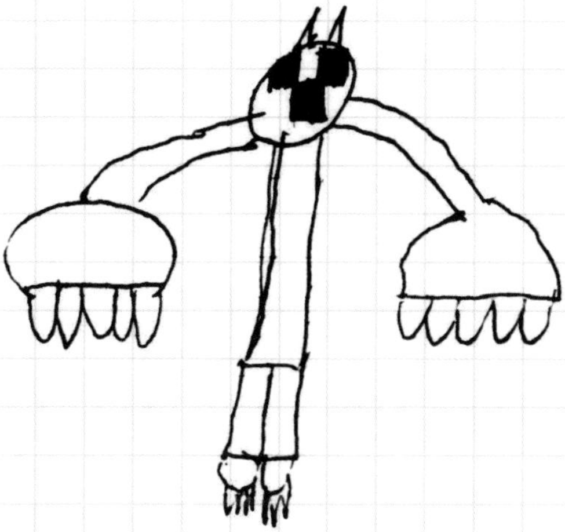

DIABLES GARDIENS

On se souvient de l'empereur Néron pour l'incendie criminel de Rome plutôt que pour la persécution antichrétienne qu'il a menée, comme d'autres de ses collègues. Ils tentaient de déraciner le monothéisme, la divinité hébraïque venue par la mer comme une épidémie. Sa force, inconnue jusque-là, était de s'adapter à chaque gouvernement, il prospérait sous les tyrannies et les démocraties. Son principe était l'indifférence : il ne faisait pas de distinction entre riches et pauvres, femmes et hommes, enfants et vieillards, savants et analphabètes, citoyens et étrangers. Il ne proclamait pas la dangereuse égalité, mais la parité d'accès à la divinité. C'était son incontestable avantage sur tous les autres cultes. Il suscitait le zèle du martyr, inconnu du polythéisme.

Néron nourrissait des prétentions littéraires. Il a aimé le théâtre et sa scène au moins autant que le trône. Il a souvent joué à Naples. Suétone, historien de l'empire, nous apprend que c'est là qu'il fit ses débuts avec une de ses odes et que la terre fut secouée par un séisme pendant la représentation. Néron y vit un applaudissement à son art et obligea le public à rester à sa place. C'est encore un exemple de sang-froid total, sans pareil pour ceux qui sont déjà montés sur scène.

Il a laissé par écrit un vers qui lui a résisté : « *Sub terris tonuisse putes* », sous les terres tu as cru qu'il tonnait. C'est l'expression acoustique condensée d'un tremblement de terre. La rupture d'équilibre entre des plates-formes souterraines produit un rugissement minéral, une explosion de coups de tonnerre. Sous terre c'est une tempête, le sol est un vaisseau sur les vagues, des gouffres s'ouvrent, les montagnes déchaînent des avalanches. Les pièces des maisons deviennent les cellules d'une ruche sous les coups de patte d'un ours, à la place du miel, les vies.

Sur les villes, sur les bourgades, il reste les fissures qui courent le long d'un pot de fleurs. La neige de l'hiver suivant descend pour recouvrir les pièces abandonnées et les pendules à l'arrêt.

Une fois écrits, les mots ont leur propre vie, indépendante. Les livres ont leur biographie, différente de celles de leurs auteurs.

Le poète yiddish Itzhak Katzenelson composa ses vers dans le camp de concentration de Vittel, localité française bien connue pour ses eaux. Enfermé là, il venait d'une fuite précaire. Il avait pu sortir du ghetto de Varsovie avec son fils, avant son effacement de la face de la terre. Un passeport du Honduras ne fut pas un laissez-passer suffisant. Il fut arrêté en France et interné à Vittel. Il écrivit son *Chant du peuple juif assassiné.* Il glissa les pages dans des bouteilles en verre scellées et les enterra sous un chêne du camp d'internement. Il finit à temps d'écrire. Il fut mis dans un train qui le ramenait en Pologne. Il fut tué avec son fils le jour même de son arrivée dans l'enceinte de Birkenau/Brzezinka.

Ses bouteilles furent récupérées après la guerre. Ses vers sont devenus le sommet poétique de la plus vaste destruction systématique de vies humaines. Je les ai traduits, j'ai pu les publier.

Cet exemple et d'autres m'ont appris que les mots écrits se mettent en voyage loin et indépendamment de leur auteur.

Je sais que les miens ont été emportés dans un bateau à voile sur l'océan, au sommet d'un monastère, par un missionnaire au Guatemala, par un alpiniste au pôle Sud et dans un camp de base en Himalaya. Ils ont été brûlés dans un incendie, mis devant ses yeux par un prisonnier pour effacer les murs et les barreaux. Ils ont accompagné des noces et des funérailles auxquelles je n'ai pas participé. Leur papier a absorbé du vin, des larmes, du café. Ils ont étrenné le baiser numéro un d'un couple et ont été accompagnés d'un air de musique. Certains ont inspiré l'art cinématographique. D'autres ont été mis en examen et nous sommes entrés ensemble dans la salle d'un tribunal. Ainsi ont-ils été lus en public par de multiples voix pour les défendre.

La vie indépendante des mots écrits est magnifique quand leur souffle vient apaiser une brûlure.

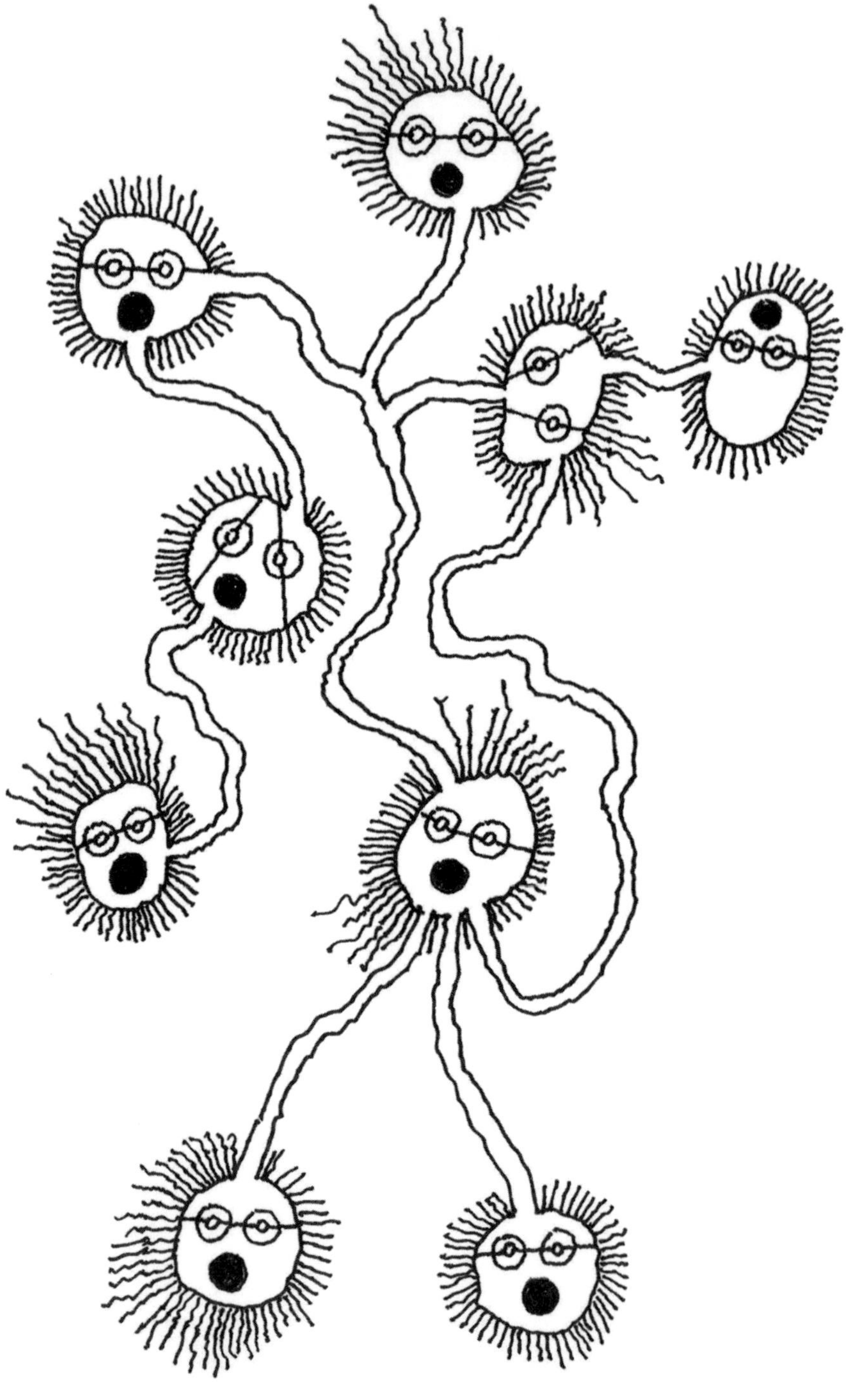

Le jour est violent de chaleur et de lumière. Je me trouve sur un bord, du bas de la vallée monte un courant d'air qui sèche mes pores. Paola m'a emmené voir la cicatrice la plus longue du continent américain. La faille de San Andreas l'incise sur plus de mille kilomètres. Elle habite tout près.

Elle me guide dans le désert de Joshua Tree, arbre de Josué. Ce sont les mormons qui l'ont nommé ainsi quand ils l'ont traversé en cherchant l'océan Pacifique.

Sur la paume sèche du sol, dans l'arbre au nom botanique de Yucca brevifolia, ils ont cru voir Josué levant les bras au ciel.

En lecteur de ces pages, je me souviens que les bras levés n'étaient pas ceux de Josué. C'étaient ceux de Moïse qui, depuis une hauteur, suivait la bataille d'Israël contre les Amalécites dans le désert. C'était leur première guerre. Josué était le commandant, Moïse, les bras levés, soutint le poids du combat jusqu'à la victoire.

Sur le bord d'une hauteur dans le désert de Joshua Tree, je surveille mes bras pour ne pas refaire ce geste. Ce serait une parodie. Je suis hébété, songeur. Que m'évoque ce paysage ? Je l'ajoute à un de ceux de mon enfance, voisin d'en face du Vésuve, un des monuments de la terreur. De ces pentes, comme de l'endroit où je me trouve, on ne pourra pas fuir le moment venu.

Le Vésuve est la chambre d'explosion d'un soleil aveuglé sous terre. Le trou de sortie du cratère est aussi rond qu'une pupille. Debout, le visage tourné vers le bas, les paysages de ma géographie s'entremêlent.

Paola m'appelle. J'entends mon nom dans un labyrinthe, je ne sais où me tourner. C'est la voix de ma mère au bord de la mer qui me demande d'aller piquer une tête au lieu de me creuser la cervelle en plein soleil sur des mots croisés. C'est celle d'une fille dans une rue d'essence en flammes et de gaz lacrymogènes. C'est celle d'une femme, sur un bateau, qui me jeta à la mer pour m'apprendre à flotter. Et moi qui savais déjà nager, je suis resté sous l'eau pour l'effrayer un peu elle aussi.

Paola crie mon nom et je reste où je suis pour l'écouter, car il me semble que mon existence durera tant qu'elle m'appellera. Puis elle arrête.

C'est ce qui s'était produit au moment où un infarctus avait arrêté mon cœur. Une voix cessa de m'appeler et moi de l'entendre.

Première impression devant le dessin : l'entrée dans un cauchemar, une mine, un sous-sol. Ma ville d'origine est double, bondée dessus et déserte dessous, parcourue d'immenses galeries déjà creusées à l'époque de ses fondateurs. On descend dans les spirales d'un intestin vide.

Venise est plantée sur l'eau. Naples est posée sur l'air et entre deux feux, le Vésuve à l'est, grondant de flammes, et les champs Phlégréens à l'ouest, d'où s'échappent les gaz sulfureux des dernières effusions. Le sous-vide de la ville amortit les tremblements de terre comme un petit coussin. Ceux qui y descendent entrent dans le plus ancien des abris, un ventre de cavernes. La ville l'a abandonné pour la surface, mais le double fond reste dans son système nerveux urbain.

Deuxième impression : d'un sommet atteint, le premier pas vers le bas. Dans la montée, le corps s'est allongé sur les prises, il s'est détendu pour parvenir aux centimètres plus loin. Arrivé là où il n'y a plus rien, où la terre fixe sa frontière, je change de direction et je descends.

Le sommet n'est pas une arrivée, c'est le terminus du voyage de retour d'une hauteur effleurée. Le premier pas de retour se fait la tête basse. Il faut bien regarder et évaluer chaque appui des pieds. En descente, on regarde le vide en face. Le premier pas contient la mélancolie de ne pouvoir rester et le soulagement d'avoir satisfait son impulsion.

Vue d'un sommet, la terre est un labyrinthe. Pour monter il fallait en sortir et s'engager dans une voie d'issue. Ici, il y a le premier pas de retour, le corps inverse les muscles, change de posture, au lieu de s'allonger il se comprime en accompagnant son poids en descente.

Je me refuse le sentiment de la nostalgie. Je n'ai aucun désir de retourner dans une gare précédente ni sur un sommet.

Le premier pas de descente est un arrachement, aussi fort que celui de deux êtres qui se quittent sur un quai de gare. Le premier mètre du train qui les détache fait un bruit de chemise déchirée. Les milliers de kilomètres suivants meurtrissent moins.

Chacun descend d'une étreinte, d'un âge, d'un voyage. Voici le premier pas, la tête basse, pour ne pas trébucher.

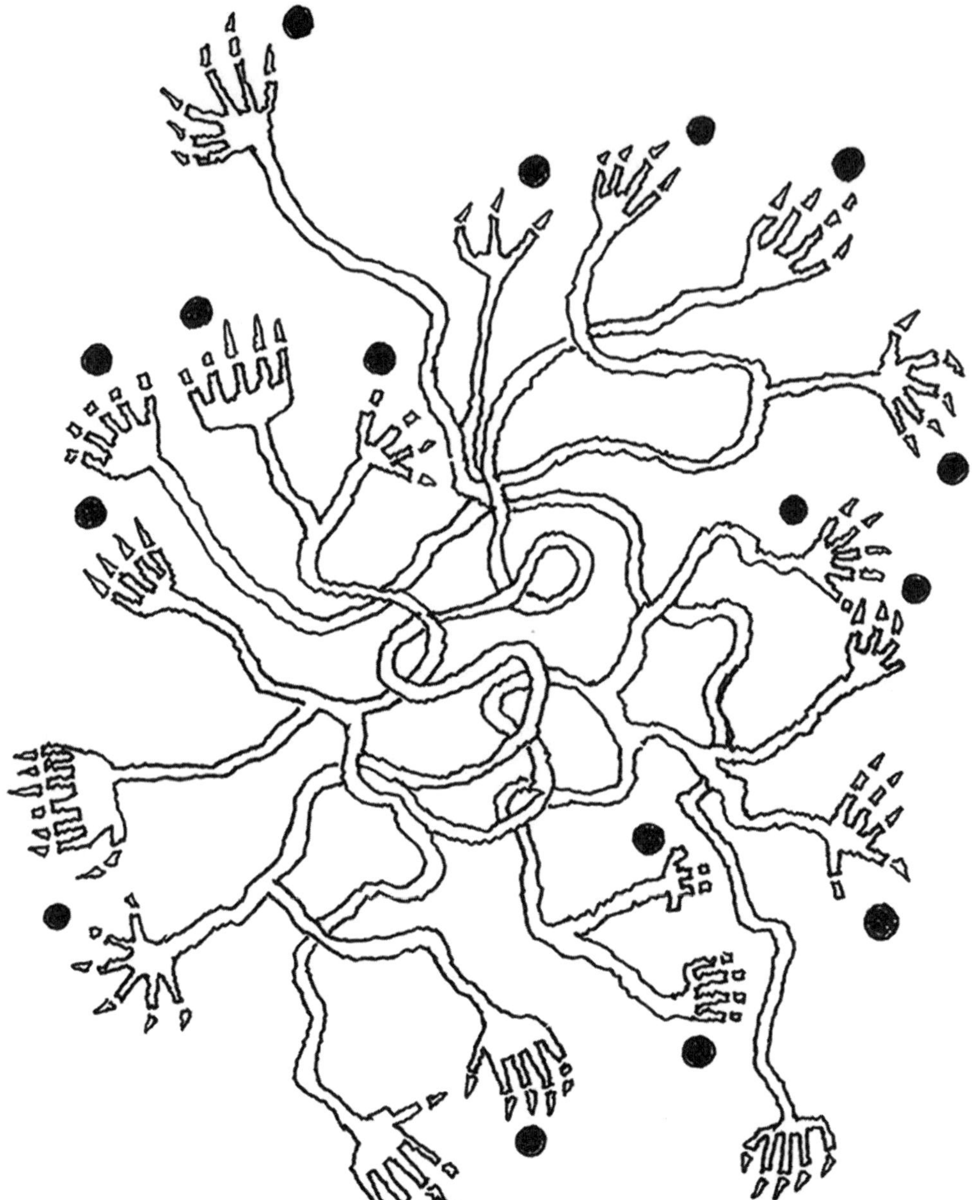

Il y a une soixantaine d'années, Albert Camus publiait *La Chute*. Un homme jouissant d'un certain succès mondain perd son vernis et sa confiance en soi après un éclat de rire entendu près de lui. Il ne le concerne pas, c'est le rire d'un autre, pourtant il résonne, s'amplifie, revient. Pour lui commence une chute qui a comme contrecoup un retournement d'existence, passant de la panique à une conversion.

Je repense à celle de saint Paul, écrite dans le livre des Actes des Apôtres. Au milieu de ces actes délibérés et choisis, l'acte involontaire de sa chute à terre a des conséquences majeures, le transformant en fondateur de la chrétienté.

Le juif Paul de Tarse se relève, mais il reste aveugle pendant trois jours, comme Jonas dans l'obscurité de la baleine. Il est guéri par un autre juif du nom d'Ananias. Ici, les noms comptent. À l'état civil, Paul est Saül, qui vient du verbe demander. En hébreu, Ananias veut dire que la divinité a répondu. La chute est à la jonction des deux verbes et des deux destins.

L'expérience de la chute, de la culbute, se répète dans l'histoire de chacun avec des effets surprenants. Du point le plus bas que l'on atteint, on obtient brusquement une vision panoramique sur sa propre vie, avant et après.

Un détail singulier de la chute de saint Paul : elle est représentée du haut d'un cheval. Mais il n'y a pas de monture dans l'épisode des Actes. D'où sort-elle ? De l'intention de le faire tomber de plus haut pour un plus grand impact ? On ne trouve pas d'explication partagée dans les commentaires. J'ajoute la mienne.

En hébreu, la valeur numérique du mot cheval (*sus*) est la même (126) que celle de tort (*aòn*). Il tombe du haut du cheval et de son tort de persécuteur de chrétiens.

Je pratique l'escalade et je sais que le verbe tomber est interdit. Paul Preuss, un vaillant alpiniste qui est mort en montagne dans une ascension en solitaire, a dit que lorsqu'on chute, on passe le reste de sa vie à tomber.

C'est un reste court.

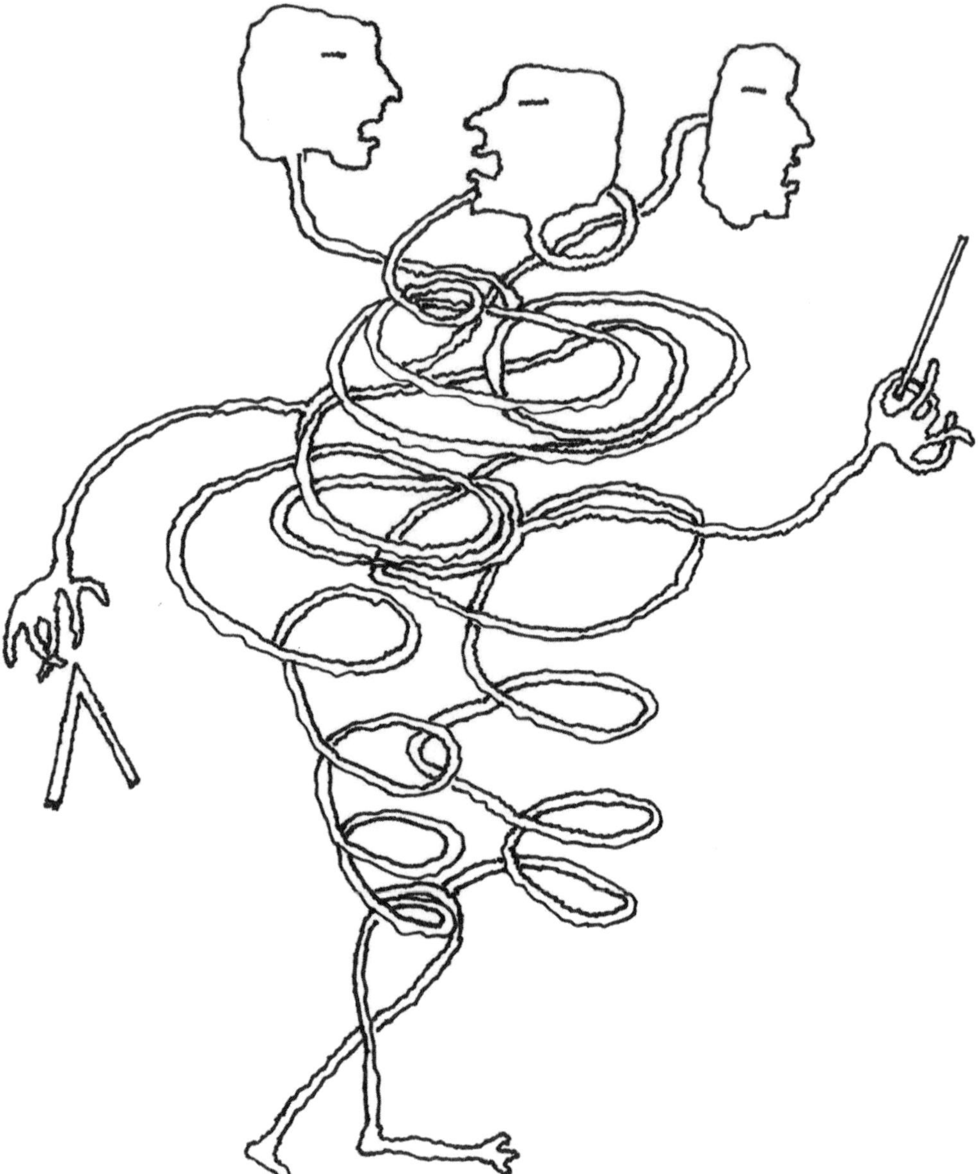

De la petite terrasse d'Isa Danieli et Gigi Esposito, on voit un bout de côte et tout le Vésuve. Les maisons et les villages adossés à la pente du volcan sont comme des poussins autour de la maman poule, confiés à son absurde protection.

Isa Danieli, actrice depuis l'enfance, a traversé les âges du théâtre, du grec antique au plus contemporain. Un soir, elle est venue écouter une de mes histoires musicales au Bellini à Naples. J'ai dévoilé sa présence, elle est montée sur scène sous les applaudissements. J'ai ajouté une phrase que je tenais de mon père, tout à fait de circonstance, pour elle, actrice assise dans la salle, et moi à sa place sur scène :

« Les fourreaux se battent et les sabres restent pendus. »

Dans la vidéo de mon récit *La musica provata*[1], Isa chante *Silenzio cantatore*[2]. Les vers de Libero Bovio décrivent l'intensité d'écoute capable d'entendre des voix dans le silence :

> Marì dint'o silenzio, silenzio cantatore,
> nun te dico parole d'ammore
> ma t'e ddice'o silenzio pe'mme[3].

Des voix dans un silence : l'expérience fut réalisée pour la première fois par le prophète Élie qui entendit parler la divinité dans une « voix de fin silence ».

Un trouble spécial arrive à percevoir l'ultrason du silence. L'ouïe humaine est faible. Mais dans la ferveur d'approche de la personne aimée, la gorge serrée comme un étau qui ne parvient pas à parler, alors l'ouïe se dilate et perçoit le silence chanteur, adjectif qui associe chant et enchantement. Élie, prophète en fuite, pourchassé et caché dans un endroit désert, entend des coups de tonnerre, le vent, des éclats de flammes autour de lui, et il n'y trouve pas la voix tant espérée de la divinité. Il la reçoit en revanche dans un infime bruissement, comme de la poudre, dans un paroxysme de tension, ses nerfs acoustiques dressés comme des antennes.

Au cours d'une commémoration du 11 Septembre, au pied des nouvelles tours à Manhattan, Paul Simon a chanté son chef-d'œuvre. Il décrit une vision qui continue « *within the sound of silence* ». Ce silence se propage en lui comme un cancer. Je n'ai jamais ressenti cette intensité de perception. Par une nuit sans lune, allongé sous un foisonnement d'étoiles, j'ai cru me sentir au centre de la galaxie. C'était le désarroi d'être une cible visée d'en haut. Ma peau brûlée et salée par ma journée de mer portait la charge électrique qui attire la foudre, sans un seul nuage.

À onze ans, j'ai écrit ma première histoire, elle parlait d'un poisson. J'apprenais à les connaître sur l'île l'été. En ville, la vie animale se limitait aux pigeons et aux rats, je n'aurais pas écrit sur eux.

Je ne me souviens pas de quelle espèce était le poisson du récit. Il n'avait rencontré personne de l'espèce humaine, il ne connaissait notre existence que par d'autres poissons. Il nous voyait comme nous imaginons les extraterrestres. Pour lui, nous étions des extra-marins.

Je me plaçais pour la première fois au point d'observation d'un autre. Cette expérience me donnait le vertige de ne pas pouvoir revenir en arrière ensuite, rentrer en moi-même. En tant qu'explorateur, j'acceptais le danger de me perdre dans la mer, en exil dans le point de vue du poisson. À onze ans, j'ai su qu'écrire une histoire avait pour effet de me dissocier de moi-même.

Après plus d'un demi-siècle et de nombreux récits, je sais qu'il existe en moi une foule d'autres qui à tour de rôle prennent le dessus. Quand j'écris, je deviens le lieu d'un moi narrant différent de moi.

La crainte initiale de ne pouvoir rentrer dans ma peau est devenue le problème de me retrouver noyé de gens, égaré, en minorité dans une réunion de copropriétaires.

Si je n'exerçais pas l'activité publique d'écrivain, cette page décrirait le cas médical d'une personnalité désintégrée.

Je crois que c'est Naples qui me sauve, être né dans une foule avec un désir acharné d'identité personnelle. Là, chacun veut être distingué pour un trait particulier, qu'il accentuera fidèlement tout au long de sa vie. Il ne s'agit pas d'un désir de célébrité, mais d'exactement l'inverse : le besoin impérieux de n'être confondu avec personne. C'est pourquoi la ville est théâtrale de la façon la plus capillaire, chacun a un rôle qu'il joue avec la précision d'une marionnette. Chacun est le marionnettiste de lui-même. Les fils qu'il manie en maître sont ses propres nerfs, de la tête aux pieds. Le théâtre de Naples est partout, du trottoir jusqu'en haut, du marché au tribunal. Je dois à l'éducation napolitaine l'habitude de m'effacer et de laisser la place à un narrateur imposteur.

Être évincé, assister sur le côté à la durée d'une écriture, être le premier lecteur d'une histoire dont l'auteur porte mon nom. C'est confortable et monstrueux.

« Pour Erri, merci. Alessandro »

En tant que Tyrrhénien, j'ai longtemps ignoré la mer Adriatique. Les Apennins sont une articulation qui offre deux versants différents aussi par leur climat. La subdivision géographique de l'Italie entre nord et sud est moins importante à mes yeux que celle est-ouest.

J'ai fréquenté l'Adriatique au cours des années 1990 de la guerre dans la Yougoslavie démembrée. On embarquait avec un convoi de véhicules dans le port d'Ancône sur un navire qui s'appelait *Kraliza Mira*, Reine de la Paix. C'était une reine sans règne, il n'y avait pas de paix non plus en mer, irritée par le vent de la bora. On débarquait à Split, nom qui dans une autre langue se réfère au verbe séparer. Séparés, nous l'étions de l'Italie, de l'Europe qui prospérait, indifférente au retour d'une guerre dans son territoire. Ces années-là, Sarajevo, détonateur de la Première Guerre mondiale, a été un crâne entouré d'une couronne d'épines, pendant le siège le plus long du XXe siècle.

Les chauffeurs s'endormaient sur le quai de Split en attendant le passage en douane. L'Adriatique était alors pour moi un hamac de nuit, la couchette berçait mon sommeil ballotté. Pour les autres chauffeurs, c'était la pénitence de l'insomnie, l'estomac vide par prudence. L'Adriatique n'était pas encore une mer pour moi, c'était un service de nuit. Pour l'appeler mer, il faut que je me sois nourri à sa table. Dans une bénédiction juive, on remercie la nourriture : « Parce que nous avons mangé de ce qui est à lui. »

Je l'ai connue aux îles Tremiti sur les petits bateaux de pêche d'Angelo et Annalisa. Peu touristiques, pas de maisons secondaires, elles n'ont pas d'amarrage pour les yachts et les voiliers. On parle un napolitain ancien, fixé par les déportés envoyés dans les colonies pénitentiaires par les Bourbons. Jeter les filets au coucher du soleil, les retirer aux premières lueurs du jour avec les poissons accrochés, les pêcheurs frappent tous les jours à la porte de la mer, en la laissant faire. Courber le dos pour repriser un accroc, pour hisser une ancre, pour amorcer une ligne : ce sont des courbements qui donnent une dignité au geste le plus ancien. Se courber par respect devant une autorité publique produit au contraire la soumission.

Sur un petit bateau de pêche aux îles Tremiti, j'ai retrouvé ma place d'invité à l'écart. Pour être avec les autres, je dois rester à un point précis de distance, trouvé par instinct qui est un vieux maître. C'est une mesure intérieure, elle n'a rien à voir avec les centimètres et les kilomètres. Je suis tel un intrus entre des fiancés.

Je les ai vues collées sur le mur de la cave de Daniele, l'aîné de mes cousins, Naples 1967. Détachées de bouteilles vidées avec ses amis, elles étaient exposées en mémoire de leurs soirées. Je m'en suis souvenu après avoir fini de transformer une étable dans la maison où je vis. Dans la cuisine aux carreaux blancs, j'ai collé les premières étiquettes de vins bus sur le banc en ciment qui entoure la table. J'avais vingt-huit ans et je n'avais pas encore mon permis de conduire. J'essayai cette année-là, je fus recalé. Les examens se vengeaient de moi qui n'avais plus voulu les rencontrer après ma sortie en trombe du lycée. Pas d'inscription à l'université, j'avais cessé de me soumettre aux approbations. Je préférais les désapprobations.

Avec le temps, les étiquettes de vin ont rempli les espaces blancs et mes courtes soirées. Elles ne forment pas un album de photos, elles ne me rappellent pas avec qui, en quelle occasion les bouteilles ont été débouchées. Elles ressemblent à une collection de timbres détachés de lettres perdues. Elles se décolorent et jaunissent parce que ce sont des feuilles.

Pour plaisanter, je dis qu'à la différence de ceux qui boivent pour oublier, ce sont des souvenirs qui me viennent quand je bois. Des personnes qui sont parties reviennent s'asseoir sous les étiquettes. De novembre à mars, le soir, j'allume un feu dans la cheminée qui me réchauffe et me tient compagnie avec ses chuchotements. Sur le banc, les visites reprennent. Elles sont discrètes, plongées dans leurs pensées. Mes fantômes se présentent à l'heure du dîner, ils savent qu'à minuit je suis dans un sommeil de plomb et que je ne reçois pas.

Ils regardent comme autrefois la ligne de petits rectangles colorés avec les noms affectueux des vins. Ils ébauchent des sourires. Ils ne sont pas avec moi, ils sont entre eux. Le vin que j'ai bu leur permet de se retrouver.

Ils sont élégants, ils sont dans leur plus bel âge. Ils s'asseyent autour de la table sans s'occuper de moi, sans me voir. À ce moment-là, nous nous relayons. Eux sont là, moi non.

ALTARINO

« Petit autel »

« Et à l'aurore, armés d'une ardente patience, nous entrerons aux splendides villes. »

Dans *Une saison en enfer*, Rimbaud associe la patience à l'ardeur. C'est une révélation qui change la définition de la patience. Elle n'est pas endurance, mais tension à l'intérieur d'une attente. Elle se manifeste chez le prisonnier à l'échéance de sa peine, chez l'amoureux arrivé en avance à son premier rendez-vous.

Le vers de Rimbaud passait autour de moi comme une abeille tandis que je longeais à pied l'île de Lampedusa. J'avais laissé derrière moi le phare de Punta Sottile, extrémité sud du sol italien. Un phare sert à tenir à distance. L'île était devenue la patrie des naufragés, le premier débarquement de fortune sur la terre ferme.

Pour un chargement surchargé, pressé, entassé, il faudrait le calme plat, une navigation sur un tapis. Les dauphins le savent, eux qui se montrent parfois et voyagent tout près sans sauter, pour ne pas agiter la ligne de flottaison.

L'île était l'Europe pour ceux qui la cherchaient depuis l'Afrique et l'Asie. Leur première question était : « Où est la gare ? »

Je marchais sur les rochers bas. Au creux des baies paisibles, j'ai revu dans l'eau marine le bleu étalé par Giotto sur les fresques de la chapelle des Scrovegni. C'est un bleu pris à la mer et donné au ciel, un bleu qui demande au ciel d'être comme ça. Pour le réaliser, Giotto a utilisé du silicate de sodium et d'aluminium. Les peintres l'appellent bleu outremer. Il était dans les reflets des baies à Lampedusa. C'était le bleu navigué à l'aveuglette, sans eau ni provisions, sans où ni quand. Lampedusa est l'outremer bleu des voyages suspendus à un fil de cerf-volant.

La patience ardente que Rimbaud connut durant son agonie de la gangrène les réunit.

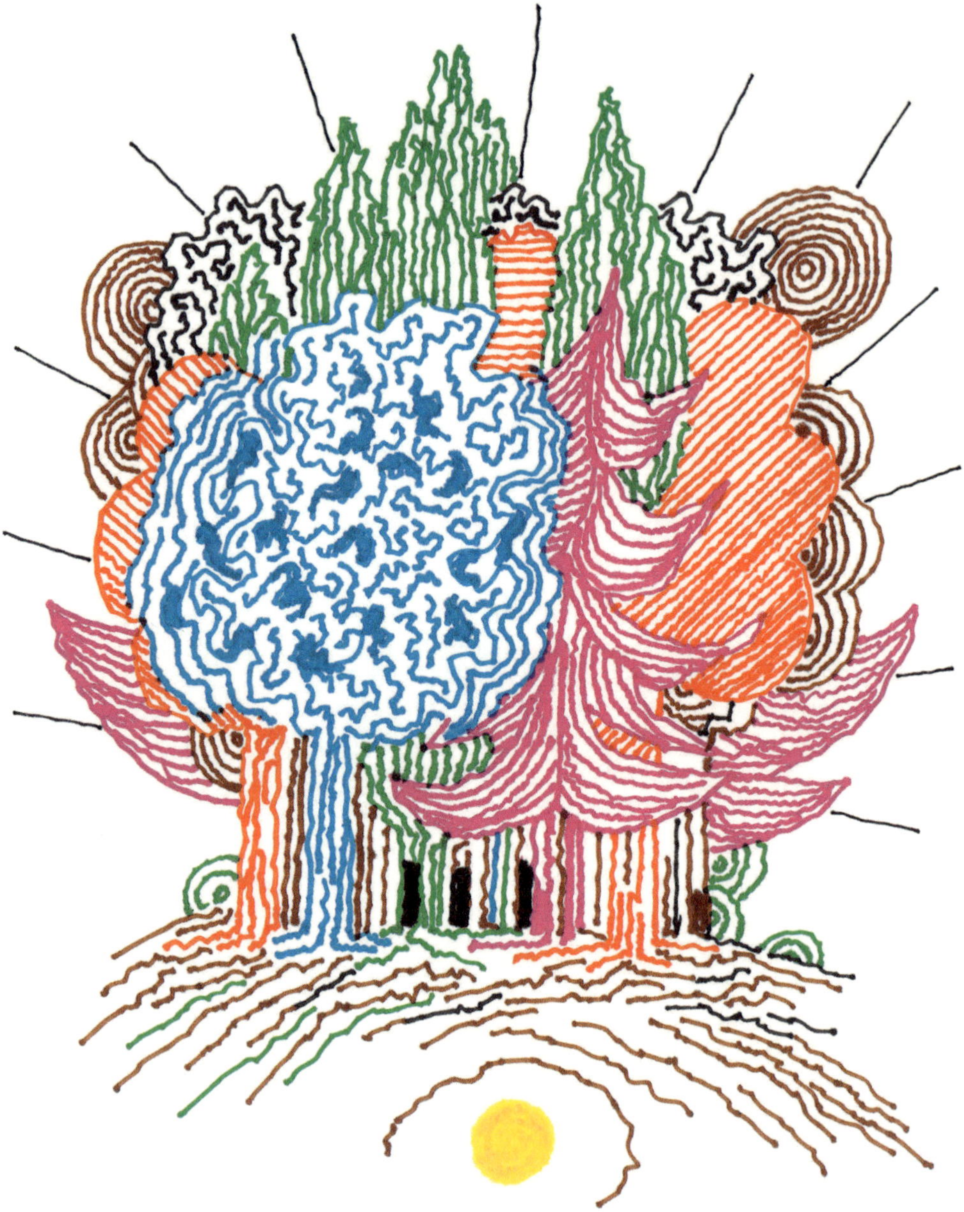

Dans le champ, le feuillage des arbres prend une forme de nuage, au-dessous d'eux mon ombre s'arrête. Il m'arrive la même chose avec les livres, en les lisant je suis sous leur ombrelle. Les pages ressemblent aux feuilles.

Je suis retourné sous celles de Pinocchio. La langue italienne de Collodi me met de bonne humeur. Pinocchio, de maître Geppetto, est un personnage à l'opposé de Jésus. Le plus grand désir de Pinocchio est de s'incarner, Jésus est contraint de le faire.

À la fin de l'histoire, Pinocchio devient un enfant quelconque. Jésus devient le grand mât, ne faisant qu'un avec le bois vert d'une croix.

Pinocchio grandira, il pourra se marier, en renonçant à ses pouvoirs. Il est invulnérable, ceux qui l'attaquent à mains nues se font mal, et s'il lance un coup, c'est un coup de bâton. Il ne se noie pas, il ne gèle pas, il ne tombe pas malade. Il devrait vivre très longtemps. S'il se brûle une jambe, il la remplace. Mais il renonce pour devenir fragile, précaire, chair, os et battement cardiaque. C'est un bois difficile à comprendre, plus que le cheval rembourré de guerriers grecs, plus que le navire gigantesque et absurde de Noé. Une guitare ne veut pas devenir guitariste, embrasser au lieu d'être embrassée.

La bûche sculptée par Geppetto, les montants de la croix ne sont pas en bois précieux. Les personnages indélébiles ont de modestes origines, alors que les rois, les puissants ont des noms de vieux papiers, moisis dans la liste de leur dynastie.

À la gare, je vois mon ombre se pencher sur la voie du train qui passe. Je n'ai pas le temps de la retirer. Je rouvre les yeux, elle n'a pas été renversée, elle est posée sur les wagons qui déplacent le vent. Elle est indemne, un peu écrasée. C'est comme ça quand je lis. Un train passe sur moi, je tombe dans le vide, je me noie, je brûle et de n'importe quelle aventure, amour inclus, je sors étourdi mais ressourcé. Puis je ferme le livre et je me trouve à nouveau admis dans le présent.

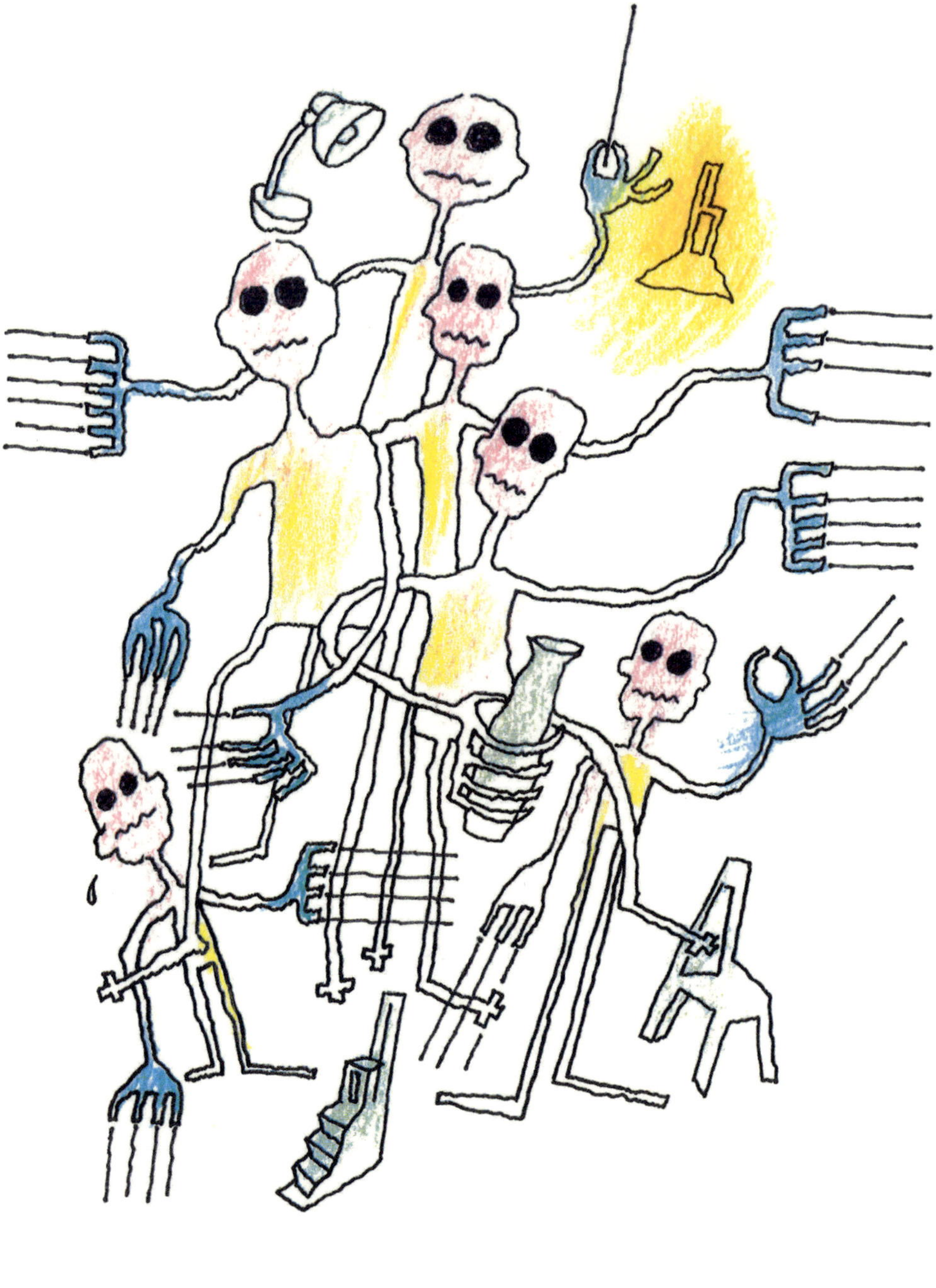

Accusé d'irrévérence envers les autorités, il ne voulut pas se rétracter.

Il se déclarait fils d'Adam. Ce n'était pas une nouveauté : pour son peuple ils le sont tous. Mais pour lui, nous étions donc forcément des frères. Ce qui n'a pas empêché et n'empêche pas de s'entretuer fraternellement depuis Caïn et Abel.

Il inventa des paraboles, qui sont des procédés littéraires.

Il accomplit de nombreuses interventions sanitaires, mais ceux qui guérissent ne restent pas longtemps en bonne santé et reconnaissants.

Il dit qu'à une gifle en pleine figure, il fallait répondre en offrant l'autre joue, pour rendre ridicule l'agression par une réaction imprévisible. Mais sans exagérer : les joues sont au nombre de deux.

Il dit que les derniers avaient une priorité spéciale. Les autorités n'apprécièrent pas et l'interprétèrent comme un programme politique. C'était beaucoup plus que ça.

Il voulut s'isoler dans un désert où il subit la tentation du pouvoir. Il la repoussa.

Il fut proclamé roi pendant un jour. Cet incident autorisa un disciple à le trahir.

On lui fit un procès pour parabole contraire à l'ordre établi. Sa rétractation pouvait suffire.

Il s'y refusa. Il fut condamné pour obstination.

Son comportement procédural fut incompréhensible pour les présents.

Du point de vue du juge, l'accusé commettait un suicide.

Dans ce dessin, je reconnais ceux qui se sont partagé ses vêtements, car on l'avait hissé nu.

À présent, la terre est nue, ses vêtements transformés en marchandises.

PAX
PAX PAX PAX PAX PAX
PAX-PAX PAX PAX PAX PAX
PAX PAX PAX PAX PAX
pax pax pax pax pax
PAX
PAX PAX PAX PAX
PAX-PAX-PAX
PAX
PAX-PAX
PAX-PAX-PAX

« Sur les monts de la Grèce, il y a la Vojussa / elle est toute rouge du sang des chasseurs alpins. » Mon père nous a transmis à nous, ses enfants, ce chant alpin et d'autres, tout ce qui restait, avec quelques photos, de son service militaire pendant la Seconde Guerre mondiale. Sa division était engagée en Albanie, dans les montagnes de la frontière grecque.

Il n'a voulu raconter aucun souvenir, même le vin ne lui déliait pas la langue. Un jour, un ami de son âge qui avait eu la chance d'échapper au service militaire lui demanda : Comment était la guerre ? » Il répondit d'un air distrait : « Les truites de la Vojussa étaient grasses. » L'autre sourit en pensant que la guerre avait été un séjour au camping. Les chasseurs alpins pêchaient les truites et les faisaient cuire, complétant ainsi leur maigre ration. Lui n'y touchait pas, habitué aux poissons de mer, il n'aimait pas ceux d'eau douce.

J'ai mis longtemps à relier la réponse de mon père au chant alpin. Les truites de la Vojussa étaient grasses du sang des chasseurs alpins. Sa réticence à parler de la guerre avait laissé une petite trace que j'ai remontée trop tard pour lui en demander plus.

J'ai découvert une sorte de concordance entre nous lors de mes voyages comme chauffeur pendant la guerre de Bosnie. À la saison des cerises, les enfants les vendaient le long des routes blanches que nous traversions avec nos convois. Tout autour, les champs étaient semés de mines antipersonnel, qui étaient aussi anti-enfants. Les plus légers allaient pieds nus pour atteindre les cerisiers chargés de fruits.

Un vers de ma poétesse préférée, Marina Tsvetaïeva : « Ce qui n'est pas beau au vent est horrible. » Elles étaient belles au vent les cerises de Mostar qui ne pouvaient être cueillies. Les pas pour y parvenir étaient horribles.

Mes compagnons de voyage achetaient ces cerises. Ils avaient raison, ils soutenaient le tout petit commerce d'une économie de guerre. Ils donnaient un sens à la périlleuse récolte des enfants. Ils crachaient le noyau et leurs scrupules. Moi, je n'y arrivais pas. Par la vitre du camion que je conduisais, je voyais les paniers de cerises volées aux bombes par la main leste des jeunes pickpockets sur la pointe des pieds. Mon père et les truites de la Vojussa, moi et les cerises de Mostar : avec le recul du temps j'y vois deux de nos abstinences alimentaires.

Ce ne furent pas des régimes. Ils n'ont pas fait baisser d'un gramme le poids brut de notre XXe siècle.

Dans ces duos avec Alessandro Mendini, de nos pages qui vont bras dessus bras dessous, je reconnais ma dépendance. Je suis sous la sujétion des lignes de son encre. Ce que j'écris dépend du réflexe de quelqu'un pris à l'improviste.

La sujétion est une manifestation de la vérité qui fait ses incursions en contournant le système défensif de la sensibilité commune. La sujétion pénètre au-delà des lignes et dérègle la perception normale de la réalité. Elle fait ouvrir grand les yeux, elle fait se sentir nu : comme les deux du premier jardin après avoir goûté au fruit volé à l'arbre de la connaissance. Au début, elle donne des hallucinations, puis elle se calme. La sujétion provoque la débandade de la vérité. J'en donne ici un exemple, dû à la page d'à côté.

Le tracé d'un électrocardiogramme dessine le battement du cœur en pics et en vagues crénelées. Sa ligne évoque un parcours linéaire, elle est trompeuse. Le sang ne voyage pas ainsi catapulté par les contractions du muscle cardiaque. Il passe par des chemins croisés, se glisse dans tous les labyrinthes et revient sans oxygène.

Le dessin de la page d'à côté est un tracé plus en adéquation avec le battement cardiaque. Son encre descend dans les kilomètres du circuit sanguin jusqu'aux voies sans issue des tout petits capillaires. Sur son parcours, il rencontre des grumeaux, des caillots, des plaques, des guets-apens sous forme de sténoses dans les gorges étroites du système vasculaire.

Même s'il coule juste sous la peau, le sang croise des créatures des abysses, reptiles et résidus de bouleversements advenus à l'insu même de la surface.

Il arrive qu'on trouve des fossiles marins sur les parois des montagnes. Ici, on rencontre des organismes qui remontent à la préhistoire du corps. Sur la page de gauche, prend forme le tracé d'une sonde plongée dans le sang.

L'artiste est celui qui ramène à la surface la vie qui coule sous-jacente.

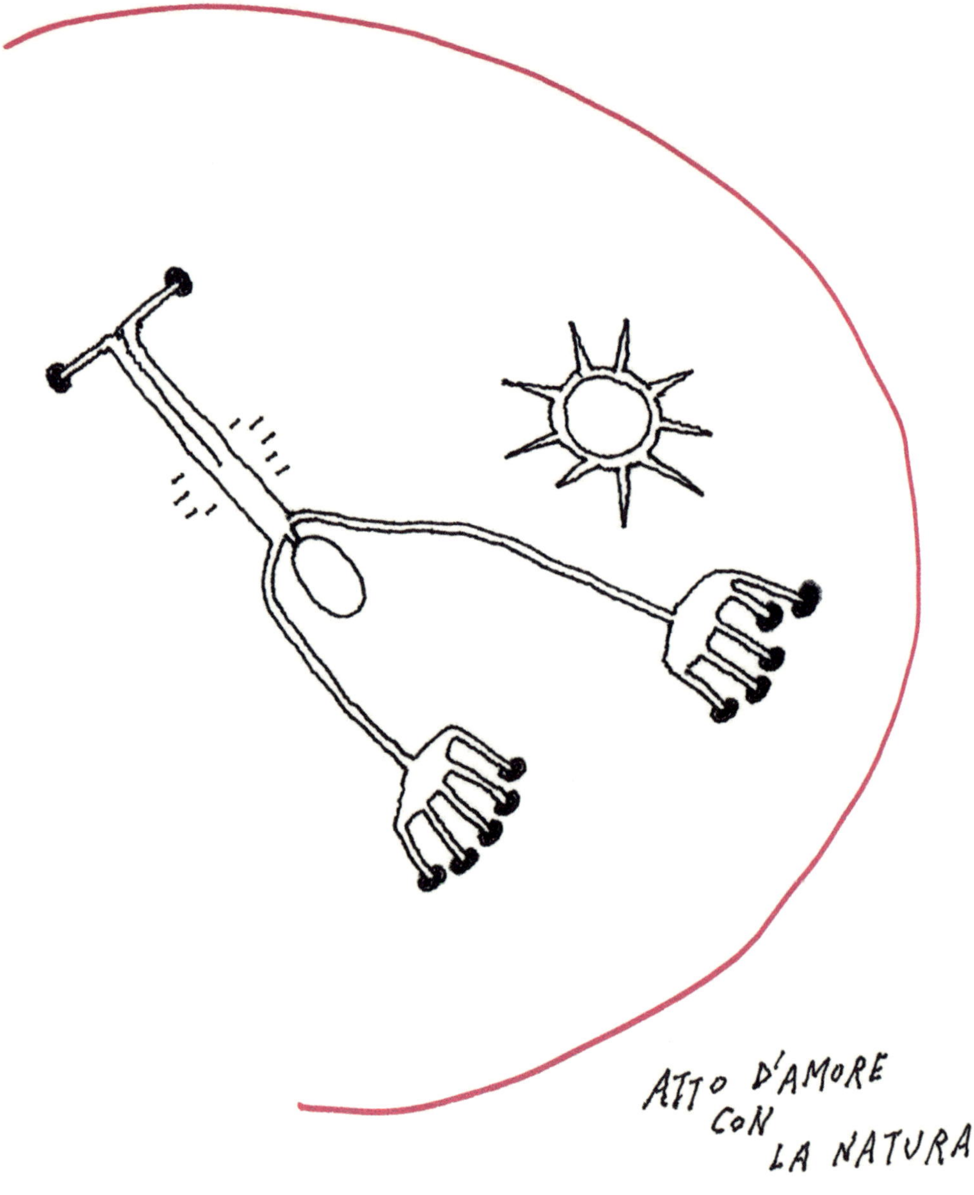

« Acte d'amour avec la nature »

Quand Abraham emmène son fils Isaac au sommet de la montagne, il charge sur son dos le bois de son propre sacrifice. Le verset dit (c'est bien ça, le verset dit, ce n'est pas seulement une écriture, c'est aussi une voix) qu'Abraham prit avec lui le couteau et le feu. Il n'aurait pas trouvé le feu au sommet de la montagne. Il devait l'emporter avec lui depuis le bivouac de la nuit précédente. Il mit des braises dans un pot, pour le faire démarrer.

Allumer un feu en plein air, quand on se déplaçait plusieurs jours, impliquait ce genre de précautions. Dans cette histoire du sacrifice raté de son fils, je m'arrête sur l'attention d'Abraham pour le feu. Il était aussi indispensable que le couteau pour obéir à la voix lui demandant d'égorger son fils et de l'offrir sur le plateau en pierre d'un autel rudimentaire.

Il avait répondu : « Me voici », sans hésiter, mais aussi sans choix. Cette voix lui était parvenue pour la première fois en l'appelant par son nom. Il avait aussitôt réagi par : « Me voici », une bouffée de chaleur dans la poitrine. Il ne pouvait pas se dérober.

Cette voix l'avait déraciné de chez lui, de sa famille, pour le lancer dans le vagabondage interminable d'une caravane. Cette voix : il était le seul à l'entendre, elle s'adressait à lui et à personne d'autre. Cette voix était devenue sa patrie. Abraham : les premières lettres de son nom forment le mot père en hébreu. Il était prêt à les effacer par obéissance, en même temps que sa paternité. Il avait attaché son fils qui s'était laissé faire par la même incomparable obéissance. Il en existe de monstrueuses. Puis il l'avait pris dans ses bras et déposé sur le fagot de bois, déjà placé sur un autel de pierres. Et puis il avait sorti de son étui le couteau, affilé pour l'usage rituel qui consiste à trancher la jugulaire. Et puis, il avait. Non. Et puis, il n'avait pas.

Encore cette voix, s'adressant à lui et entendue par lui seul, pas même vaguement perçue par Isaac qui attend la gorge tendue, celle de celui qui chante ou qu'on égorge. Cette voix arrête son bras et dit : « À présent j'ai connu. » Il ne le savait pas avant. Cette voix s'était mise à l'écart pour laisser faire, se refusant à elle-même la faculté de connaître par avance. Elle laissait faire les hommes et leur liberté de comprendre. Abraham savait que cette voix était là et il assistait en silence. Un si grand silence qu'on entendait les braises souffler tout doucement dans le pot. Son chuchotement devient la voix qui l'arrête avec le couteau prêt dans une main et l'autre qui tient la tête de son fils unique par les cheveux.

On ne trouve pas le verbe détacher écrit dans le dispositif du chapitre 22 du livre Genèse / Bereshìt. Isaac ne se détache pas de son obéissance, qui est un nœud serré aussi fort que le couteau dans la main de son père.

Par vice et par instinct, je démonte les phrases toutes faites.

Bain de foule : impossible, la foule est épaisse, rugueuse, écrasante, mais pas liquide. Elle est formée de personnes qui ne sont pas des gouttes, symbole récurrent de choses égales entre elles : comme deux gouttes d'eau.

Dans un rassemblement, les personnes évoquent plutôt des flocons de neige, leurs cristaux uniques et distincts. Ils accumulent du poids sur une pente, ils supportent de rester comprimés, mais quand arrive l'effondrement alors c'est une avalanche, qui agit comme un marteau.

En montagne, j'en ai vu et entendu pousser devant elles des masses d'air déplacées qui, rien qu'à elles seules, produisaient la déflagration. J'ai entendu la voix de leur vent de tempête qui renversait les obstacles. Je parle d'une voix parce qu'elle appelle, prévient, comme la voix des cloches à la volée.

J'ai vu la foule accomplir la même chose. En faire partie n'est pas prendre un bain, mais au contraire se comprimer dans un poing. Dans les années 1970, la foule que j'appelais avec l'intimité du pronom personnel « nous » prenait une forme de troupes en marche. Les personnes se tenaient serrées par le bras en rangs parallèles, elles avançaient au pas. Elles martelaient des mots graves. Si elles chantaient en chœur, elles soulevaient une vague sonore. Elles représentaient la majorité d'une génération, qui n'est pas un nombre mais un sentiment.

Toutes les avalanches se défont après la chute, se répandant et mourant. C'est ce que fit aussi celle qui était entassée dans le vaste pronom « nous ».

Il reste en chacun la forme fissurée de cristal comprimé dans l'ensemble d'égaux et de différents. Il reste en chacun le signe d'avoir appartenu à une avalanche et non à une baignoire.

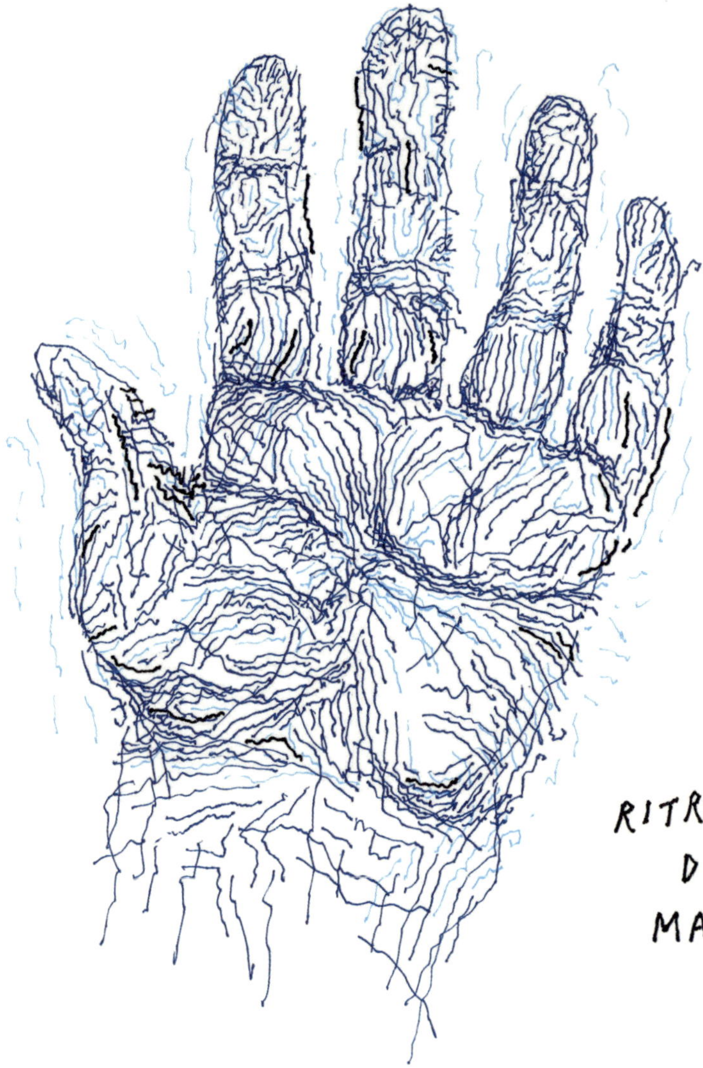

« Portrait de ma main gauche »

Le petit livre du prophète Jonas / Ionà se termine de façon incroyable : par une question de la divinité qu'il laisse sans réponse. Elle concerne la ville de Ninive dans laquelle se trouve une multitude de personnes si désorientées qu'elles sont incapables de distinguer leur main droite de leur main gauche. À la première lecture, j'ai regardé les miennes. Ma main gauche sait bien ce que fait la droite. À force de travailler longtemps avec le marteau et le burin, les coups imprécis de la main droite sont tombés sur la gauche. Elle n'est pas innocente pour autant, sa complicité est prouvée dans chaque action exécutée par la droite.

Quand je les croise au moment où je me repose, quand elles frappent ensemble les claques d'un applaudissement, elles ont l'air jumelles. Il n'en est rien, la gauche ne sait pas écrire, je ne le lui ai pas appris. Je suis coupable d'avoir une main analphabète qui est la servante de l'autre, en tenant la carte postale envoyée d'un voyage, la feuille d'une lettre d'amour.

Je ne les ai pas gardées souvent dans mes poches. Quand je ne les ai pas occupées à des travaux manuels, je les ai mises sur des parois dressées vers le ciel et elles ont avancé en tirant derrière elles le reste de mon corps jusqu'au sommet. Quand je serre une main pour dire bonjour, je ne la serre pas. Mais si je sens qu'elle est large, rugueuse, épaisse, alors oui. La gauche attend, un pas en arrière, une main de service sans accès à la cordialité.

Le ciment, la chaux les ont grignotées, les caresses les ont surprises. La première fut sous une table dressée. La main d'une fille chercha la mienne en évitant la nappe, mon sang se précipita dans ma main, par curiosité. Il alla jusqu'aux capillaires pour recevoir la première caresse amoureuse. Mes yeux se fermèrent pour mieux sentir. C'était la première fois que j'avais la chance d'être choisi, sa main qui demandait la mienne était nuptiale.

Je remercie Alessandro Mendini du dessin de sa main gauche, hommage de la droite à sa sœur. Pour une fois, c'est elle qui se met au service de l'autre, qui lui donne une pose pour la représenter.

Dans un de ses poèmes, Dylan Thomas a écrit que les mains ne versent pas de larmes. C'est vrai, mais elles peuvent les essuyer.

MILANO

Les tours sarrasines disséminées le long de nos côtes sont une des constructions de la terreur, élevées pour l'exorciser. Elles servaient de sentinelles contre les incursions soudaines des pirates, repérant à temps le danger. Les œuvres de maçonnerie qui ont précédé les nôtres avaient une valeur d'usage. Notre modernité a conçu en revanche l'œuvre vaine à la place de l'œuvre nécessaire. En Sicile, le réseau ferroviaire relie les gares avec des temps de voitures à cheval, mais on envisage la dépense somptuaire d'un Pont sur le Détroit.

Notre modernité a besoin de facturer le gaspillage.

Inachevée est le nom d'une symphonie de Schubert, mais c'est aussi un modèle de développement italien. Des centaines de grands ouvrages publics ont été laissés comme ça, abandonnés avant leur terme. Évidemment chez nous on n'a pas besoin de l'œuvre achevée, mais de celle à effet retardateur, à prolonger avec un dépassement maximal du budget prévisionnel.

Pour preuve de cette tendance, on compte de nombreux ouvrages effectivement exécutés mais jamais inaugurés et donc laissés inexploités : hôpitaux, prisons, routes, ponts.

Notre modernité se spécialise dans le superflu et dans l'inutilisable. Ce ne fut pas le cas aussi de la tour de Babel, représentée comme une œuvre inachevée ? Non. Contrairement à ses représentations, la tour fut bâtie jusqu'au sommet.

« Et Iod (lettre initiale hébraïque du tétragramme, nom imprononçable de la divinité) descendit pour voir la ville et la tour qu'avaient construite les fils d'Adam. » Ils n'étaient pas encore en train de la construire, mais ils l'« avaient construite », donc terminée. Leur dernière pierre n'avait pas atteint leur but d'habiter le ciel : « Construisons pour nous une ville et une tour et sa tête dans les cieux » (Genèse / Bereshìt 11,4).

Cette entreprise fut la plus ambitieuse construction du genre humain.

En tant que lecteur, j'ai admiré l'engagement d'ouvriers au service d'un projet visionnaire. Ils travaillaient pour rapprocher la terre du ciel, pour un salaire et par délire. L'espèce humaine a besoin de se donner des objectifs impossibles. Ses projets ont le droit d'échouer si, en échange, ils ont inspiré un engagement grandiose. J'ai été ouvrier à une époque commerciale, uniquement pour un salaire. Sans un but plus valeureux, ce travail laisse un dur souvenir.

Il est courant chez les écrivains d'adopter un deuxième nom pour signer leurs livres. J'en utilise un pour moi, Erri, inexistant à l'état civil mais employé par mes parents. En l'écrivant je reste leur fils.

L'auteur d'*Alice au pays des merveilles*, Lewis Carroll, s'appelait Charles Lutwidge Dodgson. Il fut un très bon mathématicien, puis un photographe d'avant-garde, enfin écrivain. Il était bègue. Il publia sous son vrai nom des traités de logique et un système d'écriture qui permet d'écrire dans le noir. Dans les jeux d'énigmes, il préféra les devinettes et les charades, en théologie il repoussa la conception du péché originel, en la remplaçant par la divinité innée de chaque être humain.

Il tint un journal de voyage lorsqu'il visita la Russie en 1867.

Sur son trajet, il visita Dantzig et admira dans la cathédrale le triptyque du *Jugement dernier* de Hans Memling, débordant de nus, sujet préféré de ses photos.

Il note cette impression sur les diables présents dans le tableau : « Ils sont pourtant trop grotesques pour susciter l'horreur. »

L'impudent visage du mal, réduit à une caricature, peut être ramené à l'état ridicule.

Richelieu vit dans l'image de l'homme politique la contrefaçon diabolique du saint. C'était une autre époque, l'art de gouverner était aux mains de stratèges de grands projets.

L'actualité propose en revanche l'image politique du fanfaron. Il attise les peurs publiques et privées pour s'offrir en dompteur, il promet le droit du plus fort. Le mot paix n'existe pas dans son vocabulaire, parce qu'inefficace pour parvenir à agiter. Une fois l'objectif du consensus atteint, c'est l'effet des diables de Memling qui est obtenu, trop grotesques pour susciter l'horreur.

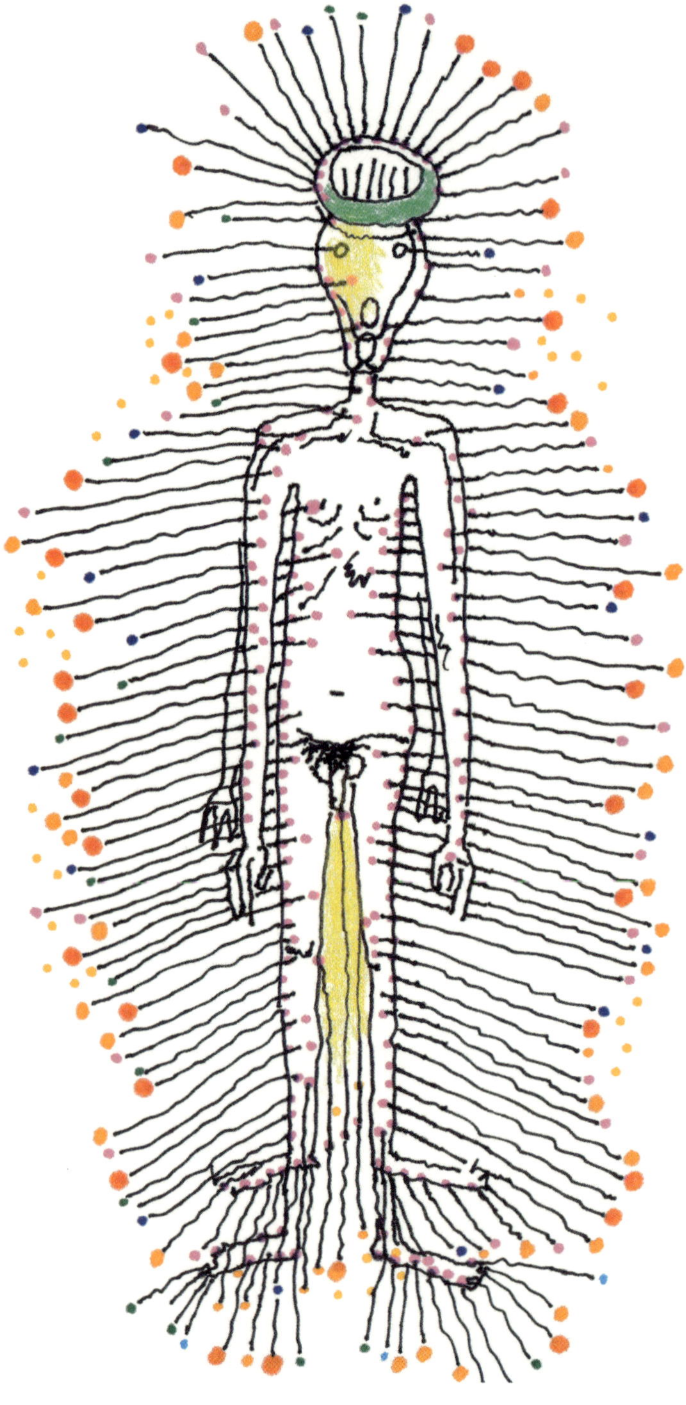

Sur une affiche de la révolution russe, on voit un vieil homme pieds nus, vêtu de blanc, sur fond noir. Il a les mains levées, la bouche ouverte, derrière lui deux épis cassés, au-dessous de lui une inscription en lettres majuscules que devrait marteler sa voix. « POMOGHI », à l'aide, sans point d'exclamation, pour souligner l'évidence. C'est une année de famine dans les plaines de la Volga, l'affiche clame la faim et la lutte pour l'éradiquer comme une épidémie.

Nous sommes aujourd'hui dans une époque nourrie, où la maigreur vient d'un régime volontaire et où les conseillers en amincissement font de bonnes affaires.

Mon père utilisait un dicton méridional : « Ceux qui sont repus ne croient pas ceux qui ont faim. » J'ignore s'il a fait l'expérience du manque de nourriture. De son triste sort de soldat en guerre il ne nous a laissé qu'un répertoire de chansons alpines. L'une dit : « Si vous avez faim, regardez au loin. »

C'est ce qui m'est arrivé dans ma jeunesse. Après avoir quitté ma ville et ma famille pour me débrouiller seul, je n'étais pas préparé au manque. Détroussé de ma paie de livreur, je ne savais pas demander. Une lutte syndicale m'est venue en aide. Les ouvriers de l'université permirent l'accès à la cantine à ceux qui n'avaient pas de carte d'étudiant. C'est en croisant dans la rue une de leurs manifestations que j'y suis entré par admiration. J'ai négligé d'aller remettre un paquet urgent, je suis descendu du trottoir, et je me suis trouvé au milieu de la rue avec eux. À cette époque, une seule marche suffisait pour descendre dans une vague. Les troupes en uniforme ne pouvaient pas être une digue suffisante. Dans la bousculade, je perdis mon paquet et mon travail. En échange, chaque jour se renouvelait le miracle d'un repas gratuit au restau U. De nombreuses conquêtes minimes et grandioses comme celle-ci viennent du temps du paysan aux pieds nus et des épis cassés. Une bonne part de notre nourriture d'aujourd'hui a pour antécédent une faim dont nous nous sommes libérés.

Le personnage efflanqué, esquissé par Alessandro Mendini, me rappelle mal à propos une de ces carences qu'on accepte dans sa jeunesse comme un événement naturel. Quand on est vieux, les pénuries sont plus pesantes. Sur les visages des anciens de la guerre de Bosnie se creusaient les rides des pertes et celles de la honte d'un morceau avalé parce que pris à un petit-fils, à un fils. Alors, notre geste de ravitaillement apporté de loin remédiait, en même temps qu'aux besoins, au tort de se nourrir au détriment d'un autre.

Je me rase sans l'aide d'un miroir, j'évite de trop regarder mon visage qui me regarde. C'est un désagrément qui fait la paire philosophique avec la phrase de Socrate : « Connais-toi toi-même. » Ma réponse au conseil est non. Dans ma tentative de connaissance, je préfère les autres, le monde qui m'entoure. Mon investigation se tourne vers l'extérieur, non vers moi-même.

Celui avec prénom et nom sert aux papiers d'identité. Je lis que la phrase de Socrate ne plaisait pas non plus à Goethe qui a écrit cette comparaison : « Comme si j'allais à un bal masqué / et qu'aussitôt j'enlevais le masque de mon visage. » Pour lui, se connaître était se démasquer en renonçant au motif principal du bal.

Pourtant, je me suis connu dans une circonstance brutale. Amoureux à trente ans, je découvris que la personne aimée sortait avec un autre. Dans la confusion de la découverte, je m'aperçus que je n'étais pas jaloux. Je souffrais du subterfuge et non du fait même. J'ai fouillé dans mes nerfs pour trouver celui de la jalousie, mais il n'y était pas. Avec le temps, j'ai accepté l'idée que je ne pouvais suffire à une femme, prétendre d'elle une exclusivité.

Pour moi, se connaître signifie épaissir le mystère, non pas l'éclaircir. Je me suis connu dans une fièvre, dans un calme soudain, dans une défaillance. Dans chacun des cas, j'aurais préféré l'éviter. Il s'agit d'incidents arrivés à un certain moi-même, unidose, jeté après usage.

Dans la page d'à côté, je vois les illustrations en couleurs du joker, la carte qui peut être toutes les autres. C'est la meilleure substitution de l'identité, être qui on veut, non pas celui qu'on est déjà. Avoir en germe en soi toute une foule.

Je ne peux appeler expérience une vie effleurée, piétinée. Je ne reconnais aucune formation avérée, aucun enseignement donné par les circonstances. Je reste un débutant, je renouvelle les surprenantes variantes de mon incompétence, mal préparé à tout. Je peux être à tour de rôle toutes les cartes du paquet.

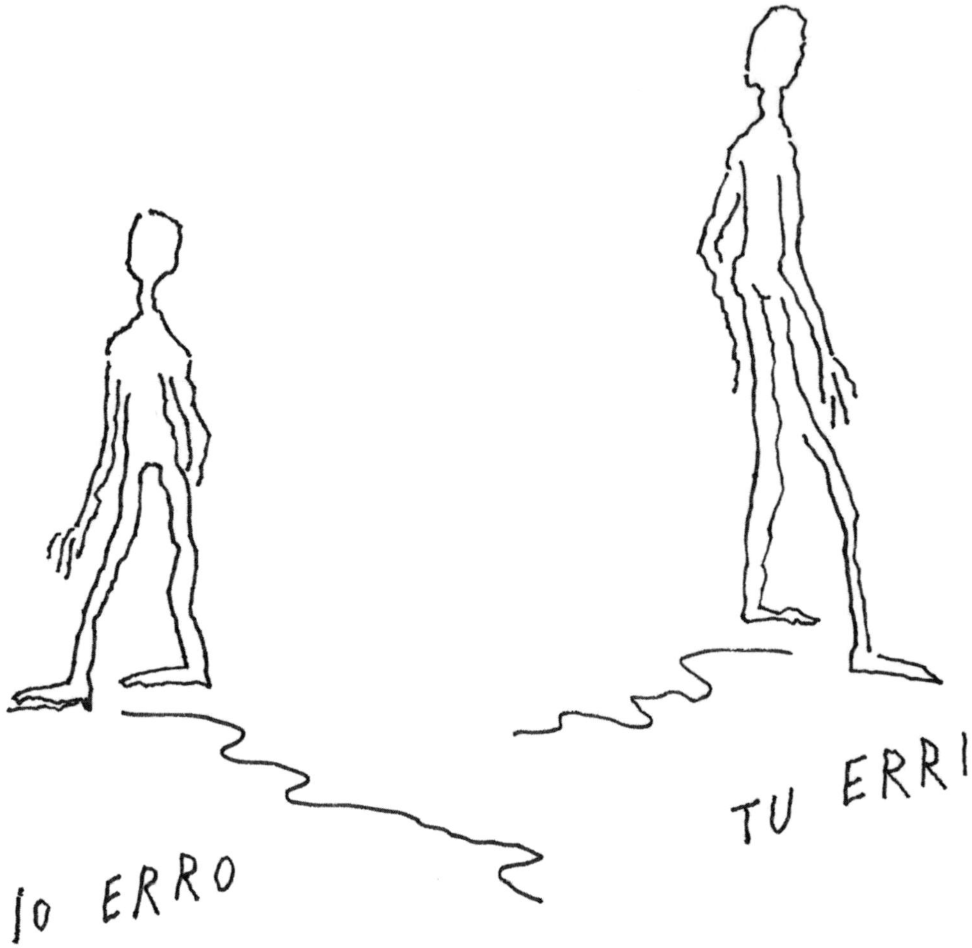

« J'erre tu erres »

Notes sur l'ombre : c'est une projection et elle a besoin d'une source lumineuse.

Elle n'est pas spéculaire, elle ne reproduit pas l'image, elle l'interprète.

Elle est invulnérable.

Elle est terrestre, elle ne se projette pas au ciel, mais sur le plafond.

Elle peut anticiper les pas, elle n'est pas forcée de suivre.

Elle avance comme la pièce de la Reine sur l'échiquier, même si elle a le corps d'un pion.

Elle ignore la liberté, la solitude, la génétique.

Elle n'est pas décelable par l'enquête, elle ne laisse pas d'empreintes.

Elle a été le premier cinéma, chinois, muet, noir et blanc, sans la pellicule.

Le Caravage l'a étendue, huile sur toile à voile.

Elle s'empresse de disparaître à l'intérieur d'une autre ombre.

Elle supplée l'ange gardien, même en ce moment où j'écris sur mon cahier : mon crâne se projette sur la page, mes oreilles sur les bords.

Sur une photo au coucher du soleil elle s'allonge comme une voie ferrée.

Dans la seule résurrection certifiée par le saint récit elle n'est pas nommée. Je soupçonne ce corps, revenu à la vie, de ne pas en avoir eu.

À l'ombre des jeunes filles en fleurs, je n'y ai pas été. À l'ombre d'un drapeau oui, je me souviens de sa couleur. Mais pour elle, ça ne compte pas.

À l'ombre d'un volcan, dans ma jeunesse, j'ai eu un balcon pour apercevoir mon avenir.

Le règne des ombres n'existe pas, c'est une république.

Quand j'éteins la lumière près de mon lit, elle s'installe en moi. Je la sens entrer dans mon nez, puis dans mon sommeil.

Dans son dessin, Alessandro Mendini transforme mon nom en verbe. Lui garde la première personne à l'indicatif, moi je prends la deuxième, à l'accusatif. Deux lignes montrent nos directions qui s'éloignent, emportant le léger bagage de l'ombre.

C'est à un soldat de Sparte aux Thermopyles que revient la meilleure phrase sur elle. À ceux des siens disant que les flèches de l'armée perse étaient si nombreuses qu'elles obscurciraient le ciel, il répondit : « Ainsi, nous combattrons à l'ombre. »

On dit qu'à la fin des temps elle renaîtra pour conduire les corps admis à l'éternité. Pour l'occasion, c'est elle qui sera le guide.

BURNING
BODY

Maintenant la table de la cuisine est déserte. Les invités viennent juste de partir, j'ai débarrassé et lavé les assiettes. Ma mère est assise du côté le plus long de la table, près de la cuisinière. Deux coussins sur sa chaise rehaussent ses centimètres perdus en se voûtant.

En face d'elle, mon père : à portée de main le plateau tournant, où prendre à tâtons le sel, l'origan, le vinaigre.

Puis, à sa place, s'est assis Izet Sarajlić, poète battu comme un tronc sur la plage après la mort dans son lit de sa première et unique épouse Miki. Le siège de Sarajevo venait de se terminer, l'électricité était revenue dans la sonnette de la porte. *Quelqu'un a sonné* est le titre de son recueil de poèmes d'après-guerre.

Près de lui, un centimètre de barbe grisonnante sur le visage, Ante Zemljar, lui aussi poète, resté en prison pendant un dixième de sa vie. Ante écrivit aussi des poèmes à Goli Otok, l'île des travaux forcés, sur du papier ciment, avec un fusain dans son ongle.

Dos à l'entrée est assis Marco qui m'a appris les nœuds et les gestes de l'escalade et qui a voulu se supprimer en se jetant dans le vide un jour d'impatience.

Près de moi est assis Gian Maria qui chantait *Miniera* pour ma mère, qui l'écoutait mieux les yeux fermés.

À côté, sur le banc, grimpait le chien-loup noir qui entendait tout, même le bruit des pierres dans le mur. Il dressait les oreilles au milieu d'un silence de la maison, grognait doucement contre personne.

La table qui vient d'être débarrassée est mon arbre en flammes. Je reconnais les voix qui giclaient sur la pointe des langues de feu. Dans le chant 26 de l'*Enfer*, Dante reconnut dans l'une d'elles la langue d'Ulysse. Moi j'ai un avantage, j'ai connu en personne les vies qui sont maintenant en flammes.

Elles reviennent briller autour de ma table sous l'effet de l'obscurité et du feu allumé dans la cheminée.

À la fin de la soirée, je me lève de table, je les laisse continuer sans moi.

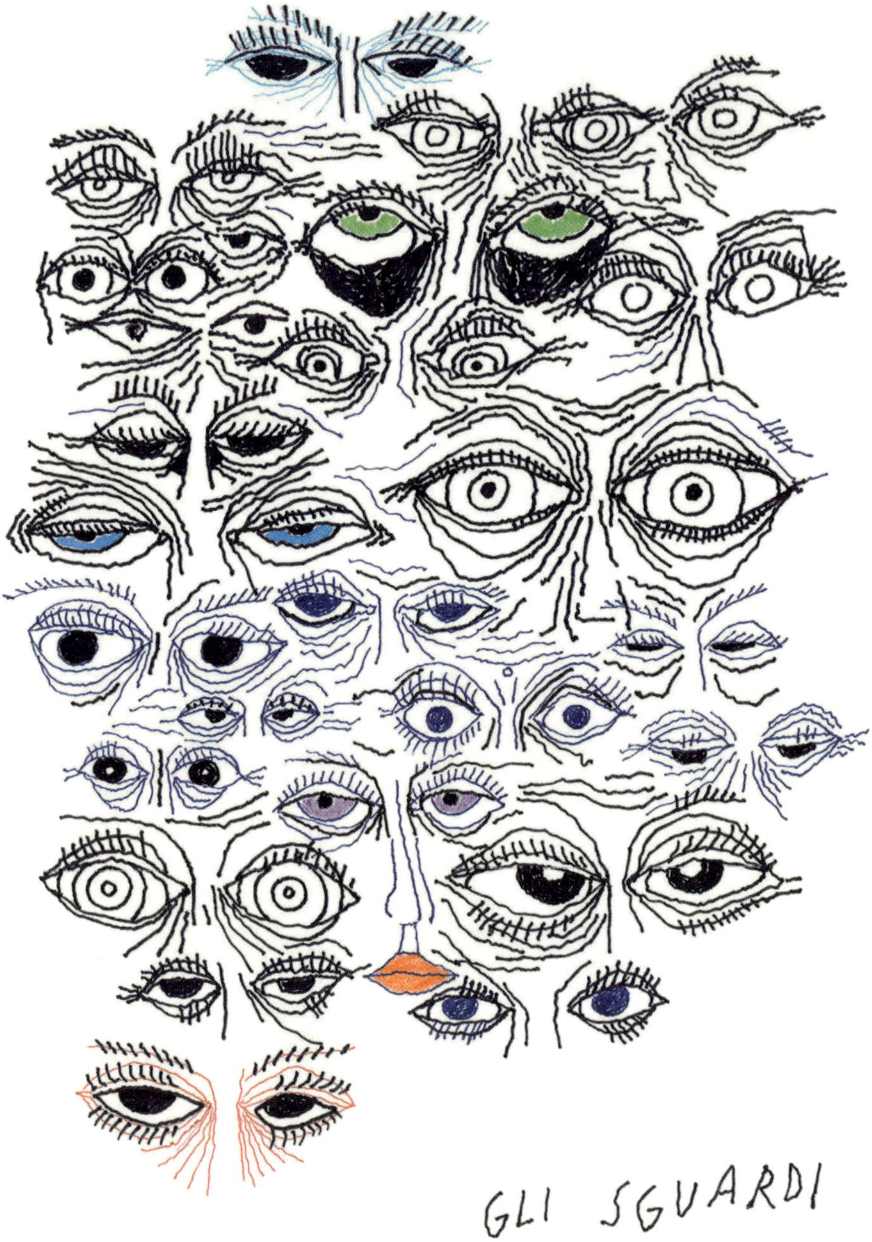

« Les regards »

Je suis un moissonneur d'histoires. Et ce depuis l'enfance, ça n'a pas été une vocation. La ville faisait du vacarme à toute heure, les murs étaient une membrane acoustique, ils transmettaient les voix au lieu de les retenir. Ils racontaient des disputes, des rêves, des apparitions de spectres, des tirages du loto, des tremblements de terre, des saints, des arnaques, des vices.

Les vices : contrairement aux préceptes chrétiens, les vices étaient tous admis, protégés par la formule : « Si c'est par vice, ce n'est pas un péché. » À Naples, la nature ne prescrivait pas d'abstinences.

J'écoutais dans le noir, sans sommeil. L'obscurité aide à entendre, elle concentre tous les sens dans l'oreille. Les histoires se déversaient directement dans mes nerfs qui les représentaient sous ma peau, dans mon nez, dans mon palais et dans mes yeux inutilement ouverts. La ville montait son théâtre dans mon corps et me formait au monde. Le monde, le langage étaient napolitains.

Par rapport à l'ouïe, la vue était un sens mineur, capable de voir seulement devant soi, en s'arrêtant au mur d'en face, alors que les oreilles le traversaient. Face à la mer seulement, les yeux reprenaient l'avantage : ils pouvaient voir Capri, alors que les oreilles ne pouvaient pas l'entendre.

Les yeux étaient attachés à la beauté. Devant des monstruosités, ils pouvaient baisser le rideau de leurs paupières. Les oreilles non, elles étaient sans protection.

Aujourd'hui, je me trouve dans des salles où des personnes viennent pour écouter. Elles sont sorties de chez elles, ont délaissé leurs occupations, pour arriver à l'heure au rendez-vous avec moi. Je sens la responsabilité disproportionnée de répondre à leur attente. Je vois leurs yeux, mais je sais que c'est une assemblée d'oreilles. Les yeux sont seulement posés dans une direction, alors que l'ouïe accueille la voix d'un récit à vent. Leurs yeux imaginent ce que l'ouïe entend.

À la fin de la rencontre, quelqu'un demande une photo avec moi. J'accepte, à ce moment-là nous prenons congé et je retrouve ma place habituelle d'homme silencieux les yeux ouverts.

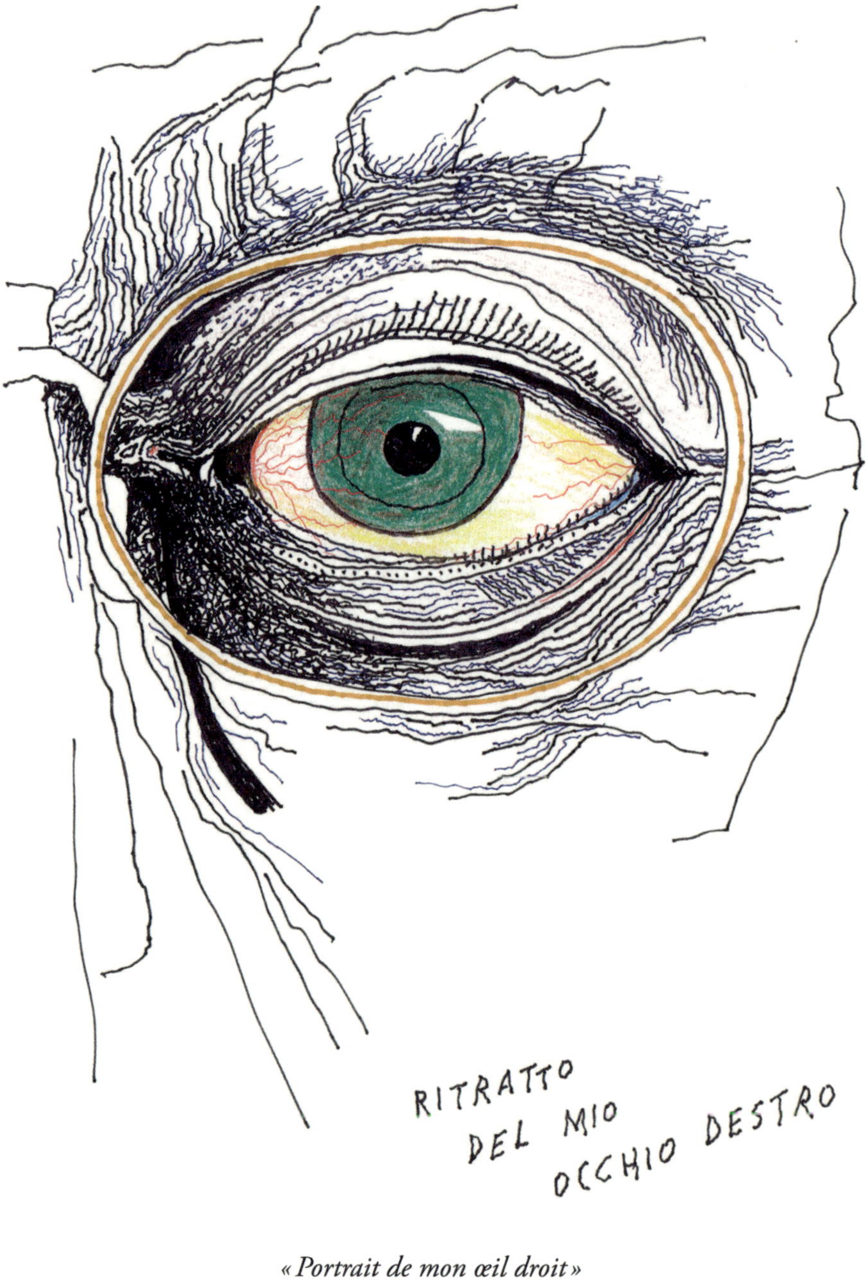

« Portrait de mon œil droit »

Dans mon livre de catéchisme, il y avait un œil divin inscrit dans un triangle. Le sous-titre indiquait que cette pupille écarquillée me voyait toujours et partout. La divinité contrôlait chaque créature. C'était une évidente diffamation qui la réduisait à une caméra de surveillance.

À cet âge, j'étais stupéfait que l'œil soit unique, comme celui du cyclope Polyphème. Pour ceux qui illustraient le catéchisme, la divinité était borgne.

En plus de son caractère étrange, la forme du triangle me faisait penser à autre chose : il était rectangle comme celui du théorème de Pythagore, c'était un panneau routier qui signalait un danger, c'était une béquille. On dit que l'œil veut sa part. Je ne crois pas qu'il la veuille. Des cinq sens, c'est celui qui doit éviter de subir des agressions extérieures. Dans le nez se glissent les odeurs, dans les oreilles les sons, dans la bouche les aliments, dans la peau le froid, la chaleur, la poussière, le vent. En revanche, l'œil garde sa distance, il prend des mesures, il scrute, il ne veut pas sa part d'intrusions.

À la suite d'un accident dans mon enfance, j'en ai un à moitié éteint, compensé par l'autre. Si je ferme le bon, l'autre n'arrive à voir que le lointain, un horizon, un ciel. Je le considère comme mon œil clairvoyant, doué de vision au lieu de la vue. Il préside à l'écriture d'une histoire, il imagine, il prévoit.

L'autre est mon œil rapide qui comprend au vol, remarque tout, vigilant, réactif. C'est l'œil napolitain fait pour diriger le présent qui pour moi se déroule à la vitesse du dialecte. En revanche, l'autre à moitié éteint passe lentement en italien du passé à l'avenir.

Il me semble naturel de posséder les autres sens, mais la vue non. J'estime que c'est un don, même précaire. Celle de mon père s'est estompée jusqu'aux ombres, le jour était pour lui une luminescence. Ses rétines étaient devenues une passoire. Il marchait à tâtons dans la maison, l'oreille collée à un petit transistor. Par sa mystérieuse substitution, il le maintenait en contact avec le monde. Il ne se découragea pas, il plaisantait de ses bourdes à l'aveuglette, sur ses erreurs. J'ai connu son petit héroïsme de ne pas s'apitoyer, de tourner en ridicule son infirmité.

C'est pour ça que la vue reste pour moi un don, un privilège et un acte quotidien de remerciement au don supérieur de la lumière.

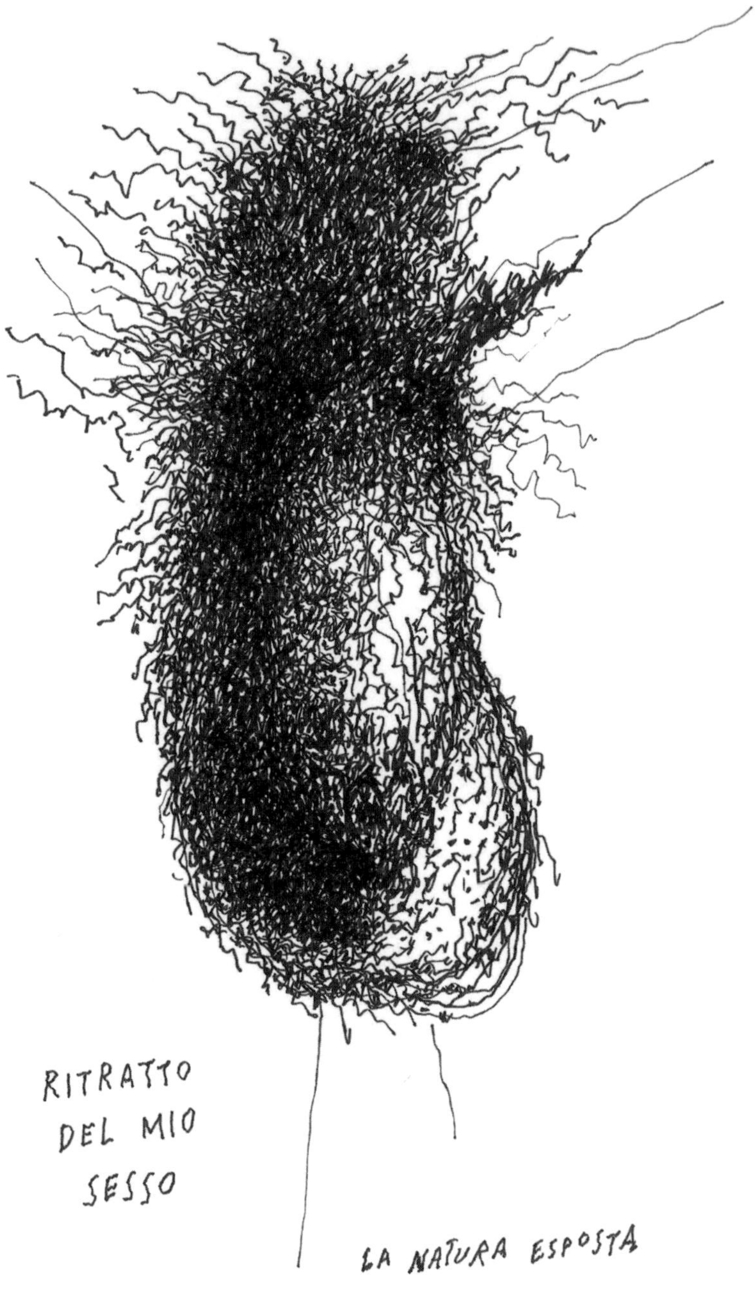

« Portrait de mon sexe. La nature exposée »

Je n'ai pas vu la nudité de mon père ni celle de ma mère. Il m'a fallu les connaître à leur mort.

La pudeur ne suffit pas à expliquer leur discrétion et la censure des parties sexuelles. Il existait une barrière qui concernait l'intimité tout entière, je ne me rappelle aucun geste d'affection entre eux, aucune caresse, aucun baiser devant nous enfants. Et je ne me souviens pas non plus d'un contact physique avec moi ou ma sœur. La famille était une unité qui répartissait les tâches, chacun à sa place.

Une seule fois, adolescent, souffrant de démangeaisons, j'ai demandé à mon père ce qui arrivait à mon pubis. Il me conduisit à la salle de bains, observa mon sexe et s'étonna que je ne l'aie jamais décalotté avant. Il était plein de smegma. Il me dit de le laver et sortit de la salle de bains. Ce fut son unique leçon d'éducation sexuelle.

Je ne suis pas un père, je ne sais pas ce que j'aurais fait à sa place, probablement encore moins que ça. Le sexe n'était pas un sujet de conversation, tout comme la constipation ou l'argent.

J'ai ignoré la petite licence de décrire les rapports sexuels de la littérature du XXe siècle. J'y voyais le compte-rendu d'un regard par le trou de la serrure. *L'amant de lady Chatterley* de D.H. Lawrence, lecture célèbre et interdite, existait dans la bibliothèque familiale. Le livre se trouvait sur la plus haute étagère. Je l'ai lu comme une bande dessinée, en essayant d'en imaginer les vignettes. La revue *Playboy* était plus pratique, interdite à l'école mais facile à trouver, apportée par les marins américains de la sixième flotte en permission.

C'est ainsi que j'apprenais la nudité féminine exposée pour en exhiber la beauté, mais dans un but d'érotisme masculin. C'était pour moi un mélange de grâce et d'exploitation commerciale du corps. Pour moi, l'admiration l'emportait et je découvrais mon indifférence à la pornographie. Mon sexe s'émouvait d'un effleurement, d'un regard, mais seulement en direct.

En revanche, la nudité masculine était gauche, à cause du sexe pendant, ballottant, à couvrir non par indécence mais pour le protéger des chocs, des agents atmosphériques. Il me reste un doute à éclaircir avec le nudiste : exposer son pubis au soleil cause-t-il des brûlures ? Est-ce qu'il résiste à l'ultraviolet ou faut-il l'enduire de crème lui aussi ? Je ne me suis occupé de nudité masculine par écrit que récemment, pour avoir découvert tardivement que le crucifié avait été hissé nu sur le gibet. Sa nudité exposée comme supplément de condamnation, comme humiliation, a suscité chez moi une compassion qui m'était inconnue jusque-là. Peut-être cela relève-t-il de la solidarité masculine.

À travers son dessin, je partage avec Alessandro Mendini l'impression que le sexe masculin à l'état de repos ressemble à une chauve-souris la tête en bas.

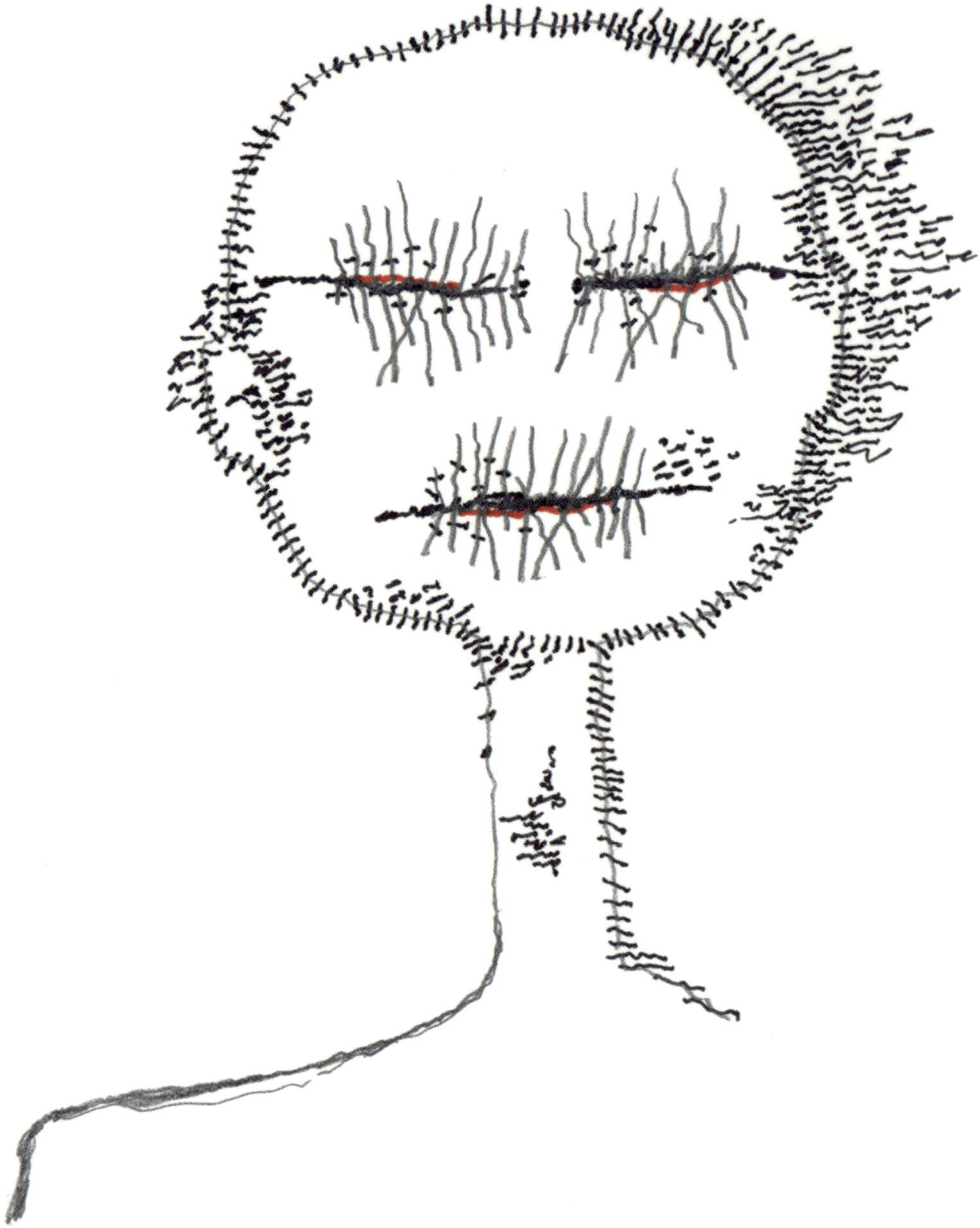

Le rêve récurrent du vol a rendu crédible récemment la fuite par les airs de Dédale et de son fils depuis l'île de Crète. Selon la légende, Icare vola très haut avec ses ailes fraîchement testées et s'approcha du soleil, faisant fondre la cire qui maintenait le dispositif.

On sait qu'en prenant de l'altitude la température descend, qu'il fait plus froid. La chute d'Icare ne fut pas provoquée par cette défaillance mécanique. Il voulut monter à la hauteur de résidence des dieux, qui ne tolèrent pas d'intrus. Il fut abattu par leur jalousie envers le talent des hommes, il tomba pour avoir franchi les limites. Ils avaient déjà puni Prométhée pour le vol du feu. La jalousie peut être monstrueuse.

Dédale en savait quelque chose. Doué d'une merveilleuse imagination, on lui attribue les inventions de la scie, du vilebrequin, du pas de vis. Il enseigna son art à son neveu Talos, qui apprit si bien qu'il le dépassa. Dédale le tua par jalousie et il fut exilé en Crète. Ayant fait cette expérience sur le risque redoutable de la jalousie, il resta à faible altitude et atterrit en Sicile.

Après lui, l'espèce humaine renonça au prototype sans chercher à améliorer sa machine. L'aviation pouvait attendre.

Dans ses Mémoires, le metteur en scène Billy Wilder rapporte une anecdote à laquelle il avait assisté. George Cukor tournait la scène d'un monologue interprété par Jack Lemmon jeune (1954). Après la première prise, Cukor le félicite et lui demande de reprendre sur un ton moins appuyé, « *a little bit less* ».

On tourne à nouveau la scène et Cukor le félicite une fois de plus, mais il lui demande encore de refaire le monologue avec un peu moins de pathos, « *a little bit less* ». Cukor fait répéter dix fois le monologue à Lemmon, toujours avec la même recommandation. À la onzième prise, Lemmon dit : « Pour l'amour du ciel, monsieur Cukor, à ce rythme-là je n'arriverai plus du tout à la jouer. »

« C'est ça, maintenant vous avez compris l'idée », répondit Cukor.

Dédale est Cukor dans cette page d'approche risquée, Icare est Jack Lemmon. Oui, il faut voler, mais à ras de terre pour éviter le poids de toute prétention.

Il en va ainsi dans les affaires humaines, toute ambition doit s'exercer avec la modestie la plus vigilante.

« J'étais conscient de ne pas savoir comment faire un film, mais je pensais ne pas pouvoir faire pire que la majeure partie des films que je voyais. Les mauvais films m'ont donné le courage d'essayer de faire un film. »

Cette phrase de Stanley Kubrick parle d'une expérience utile que je ne connais pas. Les livres médiocres ne m'ont pas encouragé à écrire parce que je n'ai pas réussi à les lire. Au premier dégoût, je les abandonnais.

Mon expérience a été différente dans certaines situations personnelles où je me suis trouvé. Le comportement des autres, erroné selon moi, m'a aidé à faire le point sur le mien par contraste. Tous ceux que je ne tenais pas en grande estime, que j'ai fini par irriter et que j'ai écartés, m'ont appris quelque chose sur moi-même. Ils m'ont fait découvrir mes différences.

J'admire les personnes de valeur, mais j'apprends des autres. Je me souviens d'une cohabitation forcée dans un logement. Nous étions en déplacement, la société nous avait fourni un appartement de quatre pièces. Nous dormions à neuf dans trois d'entre elles, le chef dormait dans l'autre. On faisait les trois-huit, on essayait de faire des efforts entre nous. Ceux qui rentraient de leur poste de nuit étaient protégés par le silence sur la pointe des pieds des autres.

Le chef était arrogant, il profitait de son statut pour nous imposer des services, laver son linge, faire ses courses, lui préparer à manger. J'ai aussitôt refusé. L'ambiance de la maison était donc tendue pour moi. Devant une de ses réactions grossières, je lui ai sauté dessus et deux ouvriers qui étaient là m'ont détaché de force. La société ne m'a pas licencié parce que la bagarre ne s'était pas passée sur le lieu de travail. Cette année vécue de la sorte a servi à mettre au point mon caractère et mes différences. J'avais une trentaine d'années dont dix passées dans des luttes politiques rudes et âpres, mais partagées avec une foule de personnes de mon âge. Mon caractère s'était développé au sein d'une communauté qui partageait tout, du pain quotidien aux brûlantes assemblées.

À cet âge, dans les années 1980, à l'écart du temps précédent et de ce qu'il avait comporté, j'apprenais laborieusement qui je pouvais être, qui j'étais. La vie errante d'ouvrier m'offrait de rares occasions d'approfondissement de moi-même. Les livres que je lisais y suppléaient, faisant affleurer en surface mes traits et mes nerfs. Quelque chose de moi-même se trouvait émietté dans les pages des histoires des autres. La littérature a été chaque fois pour moi l'entrée dans une ville nouvelle, chez d'autres. J'étais et je suis un lecteur convié sans invitation directe. C'est pourquoi les rencontres et les conflits avec des détraqués, des crapules selon mon point de vue m'ont été utiles. Chacun m'a laissé son petit bout de tissu que j'ai retourné et cousu pour rapiécer mon vêtement.

L'animal arlequin de la page d'à côté, c'est moi.

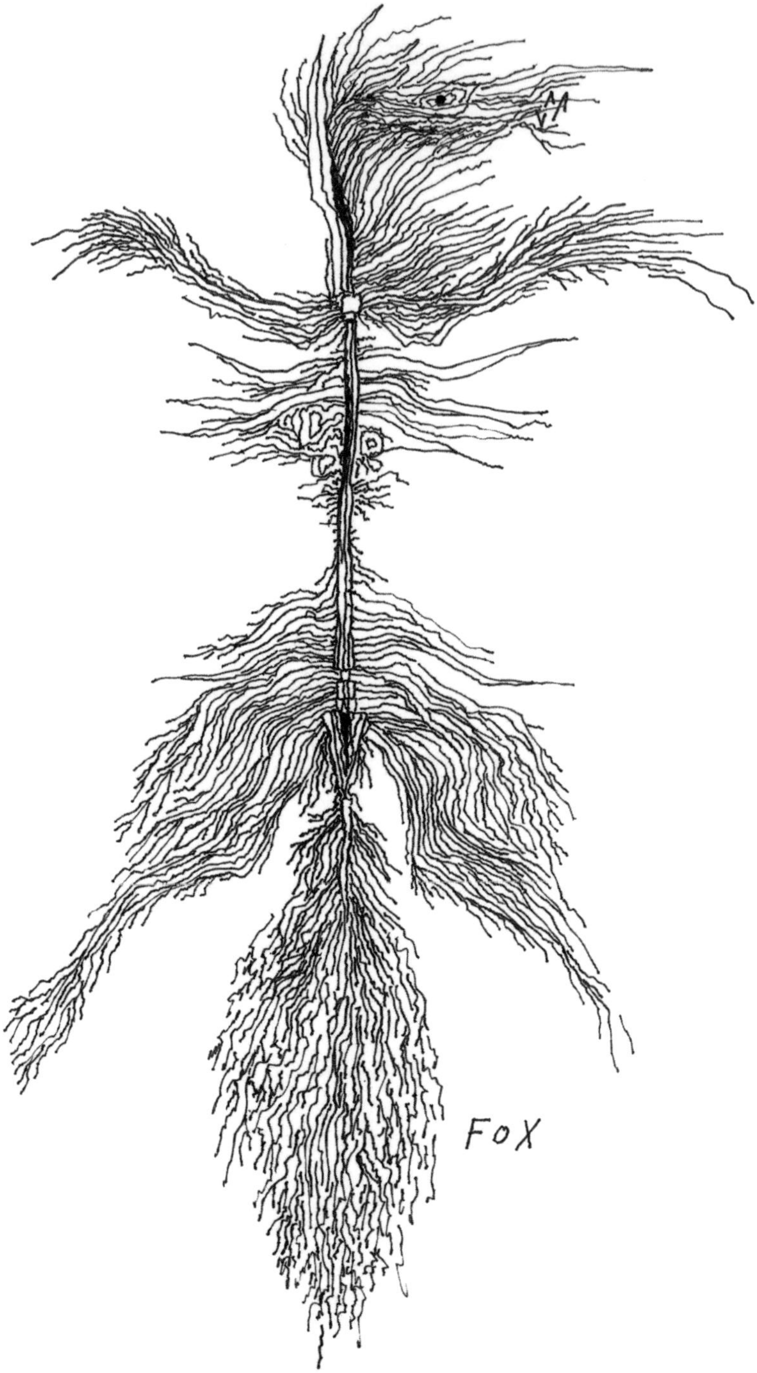
FOX

«Traverser la mer sans que le ciel le sache.» Cette phrase appartient au premier des trente-six stratagèmes d'un traité chinois d'époque préchrétienne sur l'art militaire. La phrase résume une histoire. Un roi n'arrive pas à se décider à s'embarquer avec son armée par crainte de la mer. Un de ses généraux l'invite à un banquet dans une salle sombre, au bout d'un tunnel. Le banquet dure plusieurs jours et à la fin seulement le roi s'aperçoit qu'il est en mer. Il a surmonté sa peur, le débarquement se passe avec succès, la guerre est gagnée.

Aujourd'hui aussi, on traverse la mer sans que le ciel le sache. Caché dans une soute, dans un camion à bord d'un bateau, dans un container, on voyage comme de la marchandise de contrebandier. C'est l'époque de la chasse à l'homme désarmé, à sa famille. C'est l'époque de guerres qui se font sur la cible fixe de rues, de quartiers, d'hôpitaux. Celui qui se soustrait au champ de bataille devant chez lui devient une marchandise de transport clandestin, gibier d'une chasse à l'homme qui veut lui barrer la route. Il doit donc traverser la mer sans que le ciel le sache. Sa fuite est le prolongement de l'agression dont il s'éloigne. Partout il est l'assiégé qui espère seulement être arrêté le plus loin de chez lui.

J'ai été contrebandier gratuitement. J'ai transporté des médicaments en Bosnie au moment où l'embargo était en vigueur, cachés au milieu de la nourriture, des couvertures, des vêtements. Le convoi ravitaillait ainsi des hôpitaux privés d'équipements élémentaires. On passait en colonne des contrôles continus mais sommaires. Au cours d'un voyage, nous avons transporté un groupe électrogène complet pour un hôpital de Mostar-Est où, dans un sous-sol, on opérait des blessés par grenade à la lumière d'une bougie. J'en ai un souvenir indemne. Un groupe électrogène était considéré comme du matériel militaire, selon l'embargo. Nous étions des contrebandiers de secours.

Nous ne transportions pas de réfugiés. De retour à vide, c'était impossible à la frontière italienne. Aujourd'hui, je le ferais. Aujourd'hui, je soutiens l'action du paysan français Cédric Herrou, mis en examen pour l'aide qu'il offre aux fugitifs rencontrés au bord de la route dans sa vallée frontalière. Aujourd'hui, l'ancien stratagème chinois s'est transformé en ordre du jour : aider à traverser la mer sans que le ciel le sache.

Les ruses changent de valeur d'usage avec le temps. Aujourd'hui, le ventre du cheval de bois d'Ulysse ne transporte pas des soldats grecs à l'intérieur des remparts. Il transporte des fugitifs de l'autre côté des barbelés, il met des assiégés à l'abri.

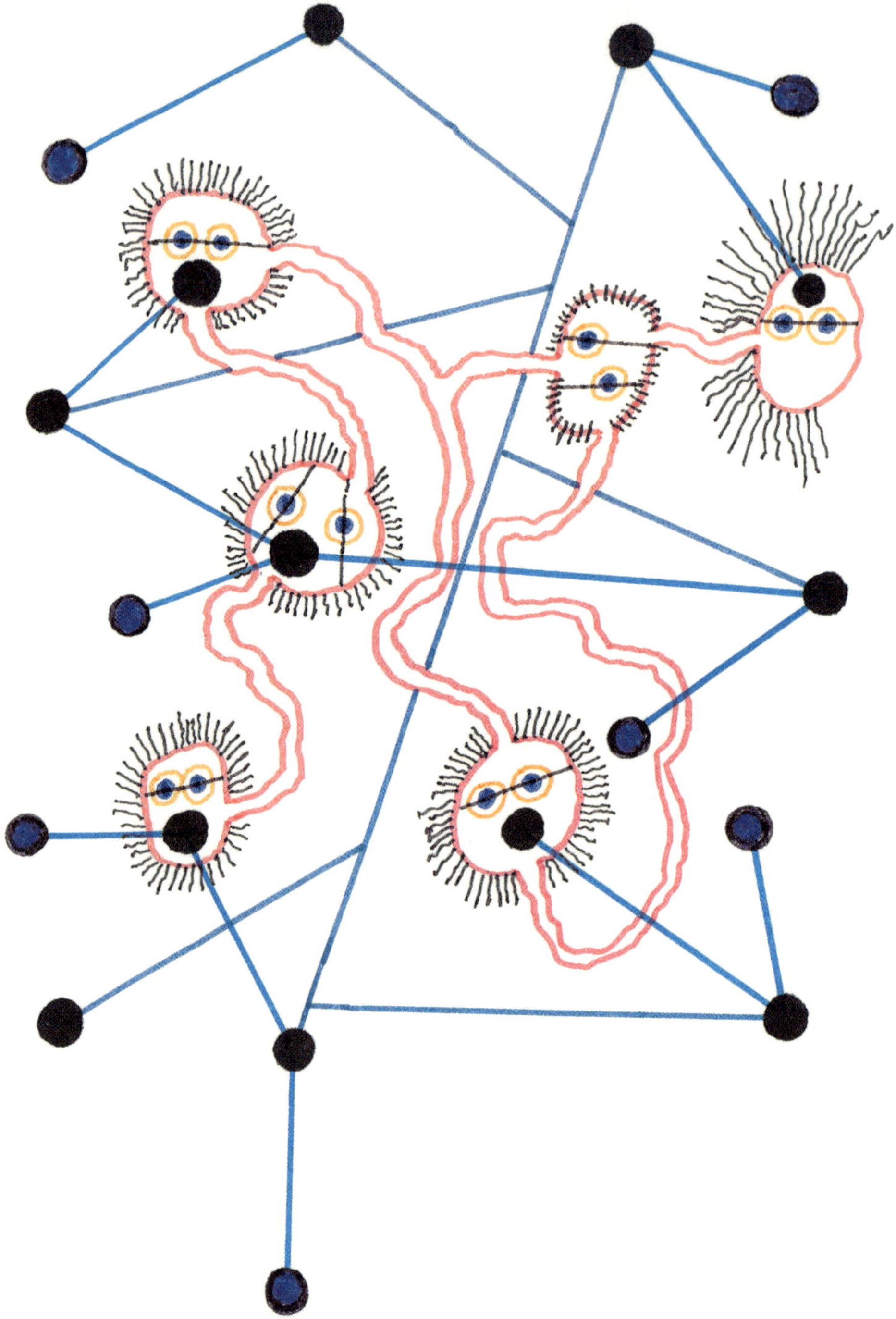

On jouait au mikado avec un paquet de bâtonnets de couleur. Une main les laissait tomber sur la table, tous ensemble, du même geste qui lâche les spaghettis dans la casserole d'eau qui bout. Il fallait les retirer un par un sans déplacer les autres.

Je n'avais pas le délicat doigté nécessaire. J'aimais le geste initial, l'éparpillement des bâtonnets. Ils formaient un faisceau de rayons pêle-mêle, mais doté de grâce et peut-être d'ordre. Le bâtonnet noir, le plus précieux, se détachait. C'était le centre du jeu, même s'il tombait sur un bord. Les centres se soustraient souvent aux lieux qui leur sont préétablis. La divinité monothéiste avait l'habitude de fixer ses rendez-vous dans des lieux périphériques. J'aimais l'enchevêtrement des lignes sur la table, qu'en revanche je ne comprenais pas dans les tableaux de Kandinsky. Les trente et un bâtonnets étaient libérés par le poing et ils s'échappaient en prenant une forme nécessaire. Chez Kandinsky, initiateur de la peinture abstraite, je n'aimais pas l'arbitraire, l'incompréhensible délibéré qui ne revient de droit qu'aux rêves.

Je m'aventure dans des sujets sur lesquels je ne peux donner que des impressions, pas des idées. À Munich, en 1937, le nazisme consacra une exposition à l'art dégénéré, qu'il avait proscrit. Cinquante tableaux de Kandinsky furent exposés, puis bradés à bas prix aux acheteurs étrangers. Connaître cette histoire a changé mon point de vue sur sa peinture et sur son choix de se dissocier du figuratif. Je lui reconnais une échappatoire, donc la recherche d'une liberté. En 1937, il a déjà dû quitter l'Allemagne depuis plusieurs années. L'expression artistique inventait de nouvelles formes dans la cocotte-minute d'événements gigantesques. La Première Guerre mondiale suivie aussitôt de l'épidémie de grippe espagnole, qui dépassa de plusieurs millions les pertes sur les champs de bataille, les bateaux chargés de passagers arrachés à leurs patries, éparpillés aux quatre continents et aux quatre vents : les artistes étaient en adéquation avec l'époque en ouvrant des pistes, en s'écartant de la voie principale. Pour beaucoup, il s'est agi de voies sans issue. *Der Weg ins Freie*[4] (« Vers la liberté »), roman du début du XXe siècle d'Arthur Schnitzler, contient déjà les ferments de l'époque dans son titre. Le titre original possède le mot *weg*/ voie, qui indique un parcours. Le mot est trompeur : il n'existe pas de voie tracée vers la liberté.

Ce n'est qu'avec le recul du temps, en se retournant en arrière, qu'on peut attribuer un sentier au zigzag et aux pirouettes traversées. Le dessin qui correspond le mieux à l'idée que je me suis faite de la liberté est sur la table après le lancer des trente et un bâtonnets du mikado.

Pour Alessandro Mendini, l'encre d'un stylo, le graphite d'un crayon font office de peinture. Mais ses lignes ne sont pas en fuite, elles reviennent au contraire pour produire des figures. Ses lignes projettent, elles ont la perspective de sortir de la feuille et de devenir des corps matériels. La distance entre lui et ce que j'ai su de Kandinsky est tout aussi énorme qu'entre aujourd'hui et cette époque de débuts à l'aveuglette sur un fil de crête. Les lignes d'Alessandro Mendini recomposent l'éparpillement des bâtonnets du mikado. Il veut être utile, mais ce faisant il ne travaille pas, il joue. Et ça, c'est une tout autre liberté.

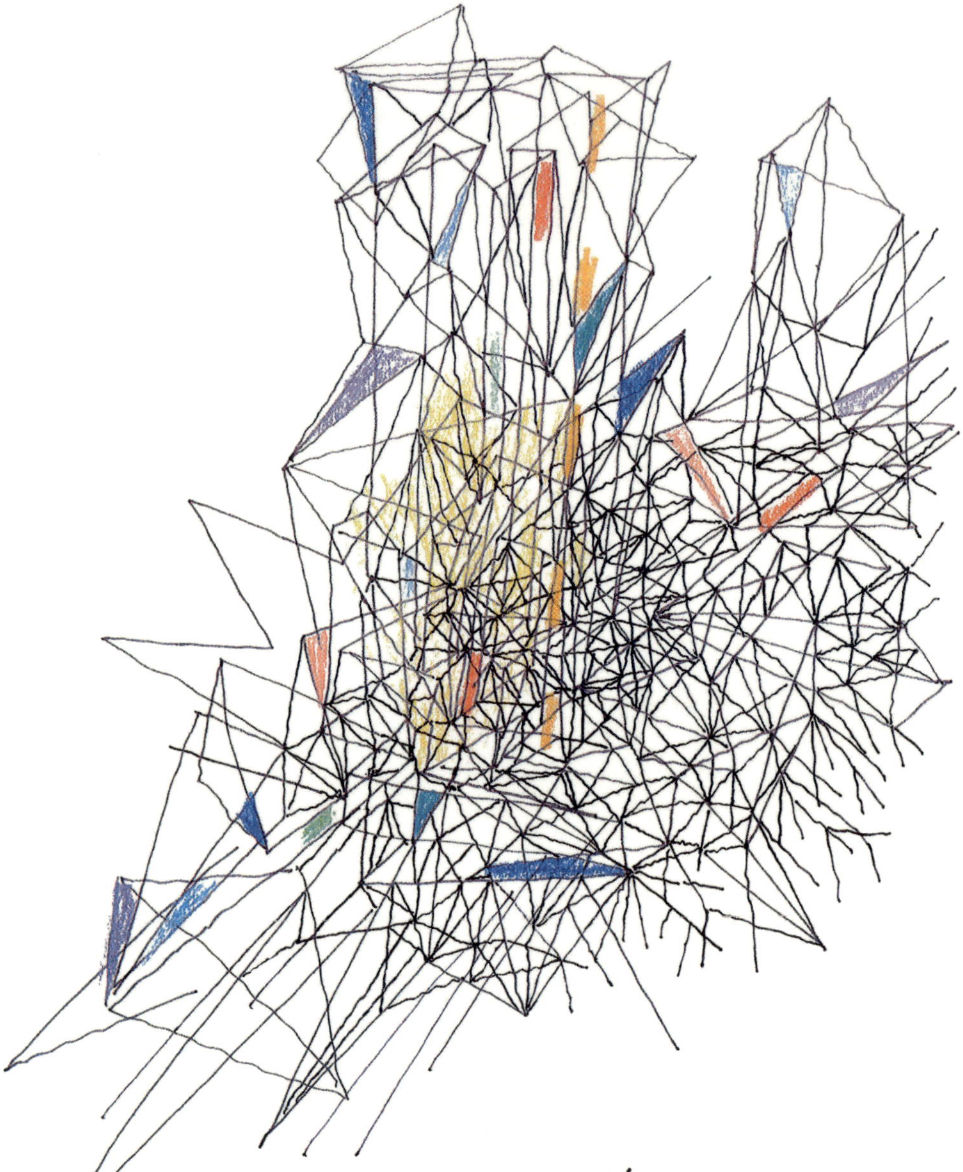

DOWN TOWN

Albert Camus participa à une rencontre avec des étudiants de Stockholm deux jours après avoir reçu le prix Nobel. On était en 1957. En Algérie, où il était né et où il avait grandi, coulait le sang d'une guerre de libération de la domination française. Un étudiant algérien l'interrogea sur le caractère juste de cette guerre. Camus répondit : « En ce moment, on lance des bombes sur les trams d'Alger. Ma mère peut se trouver dans un de ces trams. Si c'est cela la justice, je préfère ma mère. »

Cette réponse de Camus a épuisé depuis longtemps pour moi la question des attentats terroristes contre des objectifs civils. J'appartiens à un siècle violent, mes histoires résonnent du bruit de vies broyées dans l'engrenage. J'ai connu la volonté d'une justice partisane qui s'est arrogé le droit d'asséner des coups. La rédemption des opprimés s'est manifestée à toutes les époques et plus intensément au XXe siècle. Le recours aux luttes armées clandestines a été la forme prédominante des mouvements de libération. Nelson Mandela, guide de l'African National Congress, a pris les armes contre le régime ségrégationniste blanc en Afrique du Sud. Son organisation a longtemps fait partie de la liste des terroristes.

Le droit à la violence contre une oppression est un sujet épineux, mais par prudence et pour vivre en paix je ne me l'interdis pas. Je considère le droit à l'insurrection comme un droit de l'opprimé : « Aux armes, citoyens » est pour moi une incitation légitime dans des circonstances spéciales. Où doit-il toujours s'arrêter : devant des corps vulnérables, des citoyens sans défense. Même si ce sont des États et des gouvernements qui violent la sécurité des vies civiles qu'ils ont placées dans le viseur de la cible avec la justification de dommages collatéraux. Le premier bombardement aérien sur une ville a frappé Londres pendant la Première Guerre mondiale. Il fut exécuté par les dirigeables allemands Zeppelin. Depuis lors, la population civile est traitée de la même manière que le corps combattant. Depuis lors, faire exploser des maisons avec leurs locataires en les frappant du haut des cieux n'est pas un crime de guerre.

Ceux qui luttent au nom des opprimés doivent exclure le risque de frapper les sans-défense. Leur droit à la violence est la fronde dans les mains de David. Un seul projectile infaillible doit abattre Goliath, en sachant qu'il est tiré dans un magasin de porcelaine à laisser intact. Lancer des bombes sur des trams entre en revanche dans le registre de l'infamie. Je suis avec la mère de Camus, avec les personnes qui, dans le violent combat d'une guerre, sortent faire leurs courses, montent dans un moyen de transport public, essaient de continuer héroïquement leur existence menacée. Les Russes ont un proverbe amer : « On coupe du bois, des éclats volent. » Les éclats sont toutes les vies balayées par le déboisement. C'est sans doute pour ça qu'ils n'ont eu aucun scrupule à bombarder les hôpitaux d'Alep. Soixante ans se sont écoulés depuis la réponse d'Albert Camus à un étudiant dans une salle de Stockholm. Elle reste encore pour moi le dernier mot.

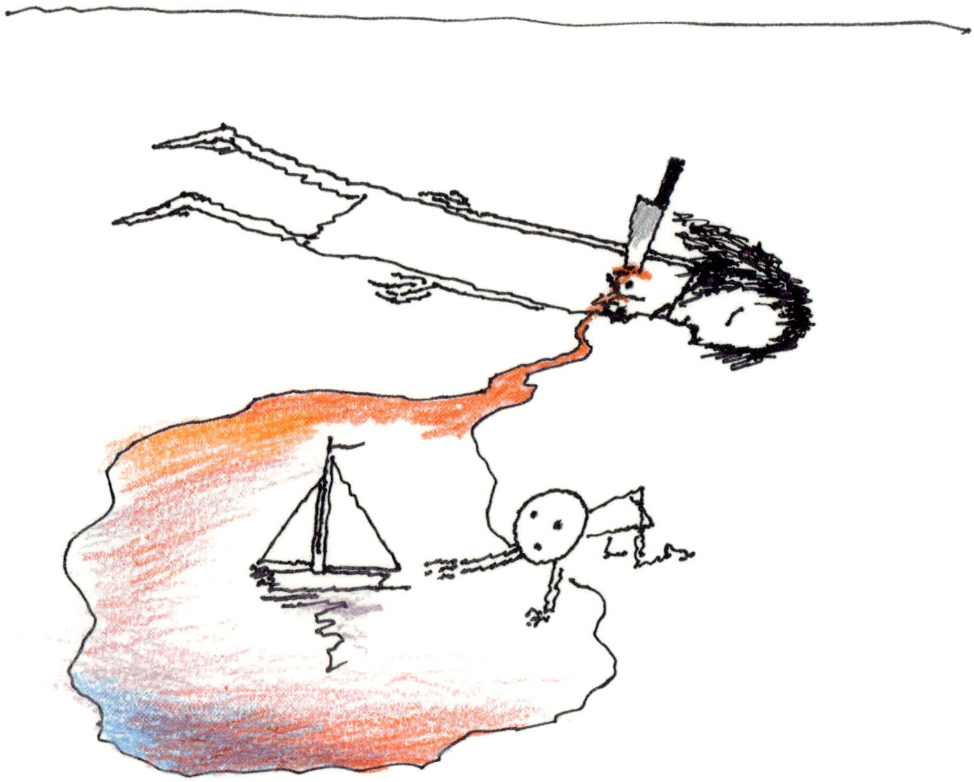

Le dessin d'à côté fait dérailler mon imagination. J'y vois le jeu de la traduction d'une langue dans une autre. C'est pourquoi cette page n'est pas une lettre de réponse, elle n'est pas dans le sillage des autres. Ici, je mets à la suite deux traductions que j'ai faites d'une poétesse yiddish, Kadia Molodowsky, 1894-1975.

MON PONT DE PAPIER

Aujourd'hui j'ai traversé mon pont de papier
(que je traverse pour mon bonheur),
et une femme de soixante ans au moins
les pieds nus à moitié gelés.
Nous nous sommes rencontrées, nous sommes restées un peu.
Ainsi moi, je n'avais pas à aller quelque part
et elle s'est mise à parler, à moi et à elle-même aussi
du pain, du bois, des souliers.
J'ai construit mon pont de papier quand le ciel
est devenu bleu, mes yeux aussi,
et le soleil devenait une roue dorée
arrivant droit sur mes pieds.
Je me suis imaginé une maison, un lit,
des jours en or et des nuits pleines d'étoiles,
je me suis imaginé une route et une lettre,
une mer agitée et un bateau brillant,
je me suis imaginé le chant des quais
et des marins en uniforme bleu, d'où je l'ignore.
Mais je ne m'étais pas imaginé les souliers de la femme
de soixante ans, et aujourd'hui nous parlons ainsi
de souliers, de ses os à moitié gelés
et moi ainsi, qui ne devais aller nulle part.

*

Une lettre, une carte postale, un livre, celui qui écrit fait son pont de papier. Dans le mien, j'ai regardé plus à terre qu'en l'air, plus là où je mets les pieds que les hirondelles.

Je reste tout aussi démuni, désorienté devant les pieds nus de quelqu'un qui prie, de quelqu'un qui se noie, de quelqu'un qui se débat sur le bois d'une croix.

*

RUE DZIKHE

C'est le quinze du mois de iyar
ce sont des jours d'or safrané
le lait de la figue embaume,
on dirait presque qu'il y a Dieu.
L'air tinte, l'été fleurit dans mes cheveux,
mais autour de moi c'est la vie quotidienne :
habitent ici ceux qui ont perdu leur travail,
les communistes,
la misère en somme.
De tous les jours c'est la chute maudite,
les toits tintent de douleur,
les tables de faim
et un homme pieds nus chante *L'Internationale*,
des Juifs vivent ici
un peuple qui rit aux éclats
qui transporte de par le monde des produits de foire
et le sang de leurs fils et de leurs filles.
Et moi : ils me montrent du doigt :
« La voici, la poétesse,
qu'un vent emporte sa mère,
elle va faire un tour
et souille ses rimes avec nos peines.
Elle pouvait venir avec nous hier pour voir
un de vingt ans fouetté à mort
au 10 de la rue Dzikhe. »
Et moi je n'ai pas une seule parole de réponse,
je sais,
je n'appartiens pas au genre de premier choix.
Et même si une vague de larmes coule de mes yeux,
je suis amoureuse de la vie, comme une chienne.

*

Ce vers final m'accable. Parce que je ne sais pas le faire, ni l'éprouver, l'amour d'une chienne pour la vie.

La résurrection est une pierre d'achoppement de la foi. Celle dont parlent les Évangiles est physique, en chair, os, vaisseaux, sens. Jean utilise en grec *anastasis*, qui est l'action de se mettre debout.

Résurrection du corps, mais pas sa copie conforme : les siens ne le reconnaissent pas. Elle est scandaleuse et les Athéniens qui écoutaient Paul de Tarse ne voulurent pas l'entendre, quittant la salle à la première allusion. Alors, ses successeurs voulurent interpréter : il ne s'agit que de l'esprit. Mais c'était une contrefaçon d'une évidence écrite, la résurrection est celle du corps, ou elle n'existe pas.

La plus déchaînée, de masse, est écrite dans Ézéchiel, livre et nom du plus déplacé géographiquement de tous les convoqués par la divinité. Une vallée de restes de squelettes se réveille à la vie sous la férule de paroles et de vent. Les décomposés se mettent à nouveau debout. Aucune autre écriture n'a renié aussi effrontément la mort, en la révoquant comme un entracte.

Retirer le dernier mot à la mort. Je m'y acharne en privé. J'ai respiré la robe de chambre de mon père pendant des années, jusqu'à ce que mes narines en aient totalement absorbé l'odeur.

Quand j'écris, il est derrière moi. Il a enfin retrouvé sa vue de lecteur, qui s'était effritée dans ses rétines, lui laissant de la cendre à la place de la lumière.

Ma mère me rend visite en rêve et aussi quand je fais des réussites avec les quarante cartes napolitaines avant de dîner. Elle proteste en disant que je les fais trop vite. Elle proteste en disant que je les fais trop de fois.

Retirer le dernier mot à la mort : la littérature s'en donne la mission. De *L'Énéide* de Virgile à la *Comédie* de Dante, à la *Spoon River* d'Edgar Lee Masters : ils existent à nouveau.

Et eux, les corps éteints, reviennent, rappelés, réclamés, extraits de leur absence. Alors, ils mettent les vêtements qu'ils veulent, pris dans le vestiaire de leur vie passée.

Ils ont les yeux fatigués par leur veille.

Ils reviennent de la mort qui n'est pas un sommeil, c'est une insomnie.

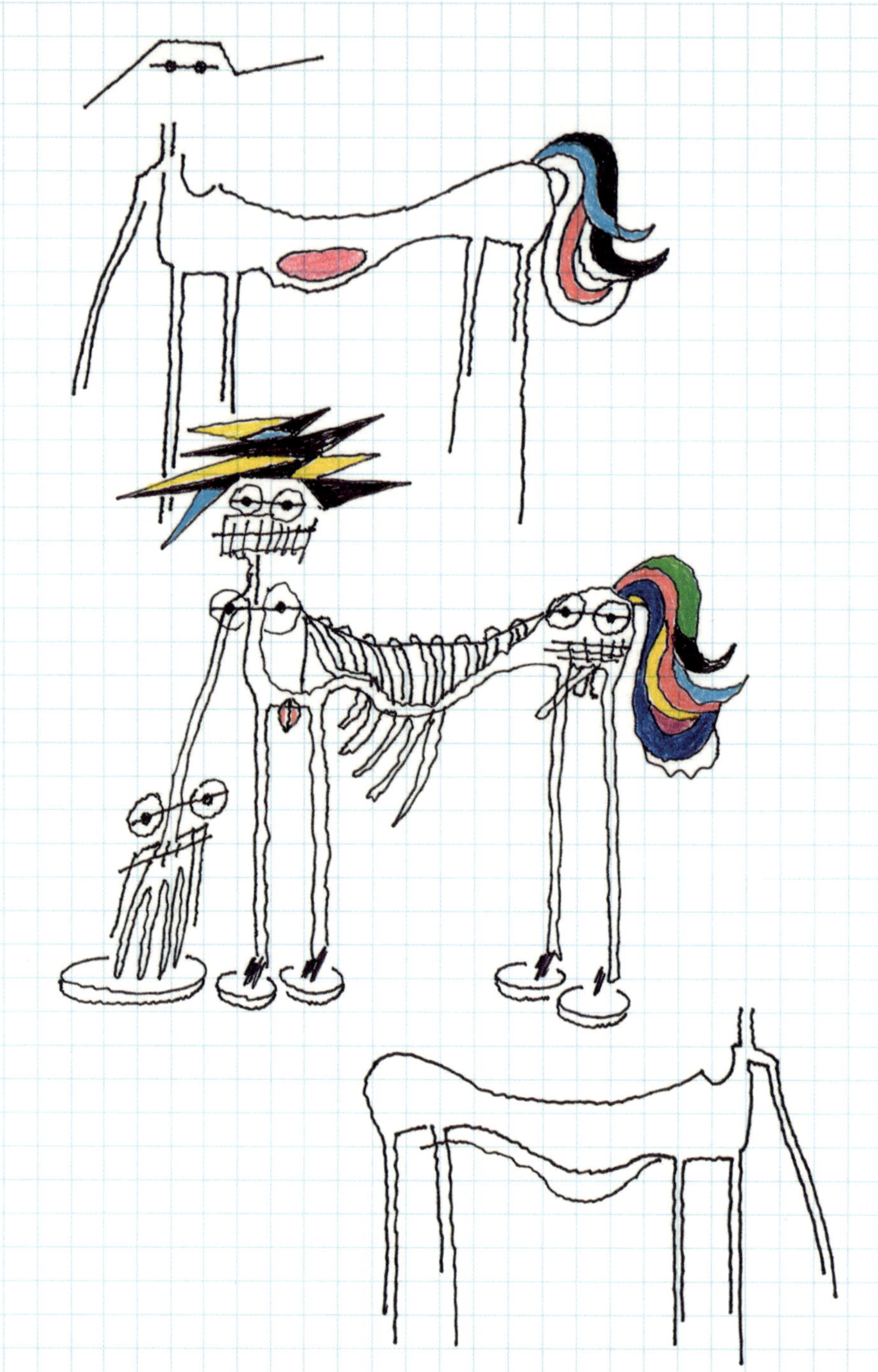

Si l'indifférence est un sentiment, c'est celui que je connais le moins. C'est pourquoi je la laisse au bout de cette galerie personnelle de monstruosités terrestres. C'est pourquoi elle sera plus longue que les autres.

J'ai grandi dans une ville qui ne me permettait pas de l'éviter. Je ne pouvais pas faire semblant de vivre dans un fjord norvégien, invention de mon enfance, écornée toutes les minutes.

Les enfants de mon âge allaient aux travaux de misère, moi à l'école. Ils mouraient de toutes les carences, de la nourriture aux médicaments, de toutes sortes d'accidents, du froid aux coups de bâton, et moi, pas même effleuré par un de leurs ogres. On pouvait grandir sans pitié, mais pas indifférents. Notre système nerveux était enchaîné à celui de notre quartier. On était entourés par l'insomnie des autres et leurs voix écorchées par les cris. Quand l'organisation Lotta Continua s'est installée aussi à Naples, elle s'est sentie à l'aise en s'entendant répéter souvent : « On la fait depuis qu'on est nés, la lutte continue. »

À la fin des années 1960, je me suis trouvé dans une jeunesse qui ignorait l'apathie. Elle se mêlait du monde de façon insolente et insistante. J'ai reçu mes premiers coups dans la rue en 1967. J'étais un lycéen et, à Naples, via Chiaia, passait une manifestation de soutien à la lutte pour l'indépendance du peuple du Vietnam.

Vietnam : aujourd'hui on sait peut-être le situer pour des raisons touristiques. Alors, c'était un centre nerveux du monde.

Cette jeunesse s'occupait de politique étrangère en pleine rue. Pour elle, le lien entre Vietnam et police italienne qui tirait sur des manifestations d'ouvriers et de journaliers était évident. Il s'agissait d'une seule lutte en cours, de Battipaglia au delta du Mékong.

Via Chiaia, un détachement de police attaqua le cortège qui se dirigeait vers le consulat américain sur le bord de mer. Je n'avais pas d'expérience, je suis resté où j'étais pendant que les autres reculaient. J'ai reçu un coup, pris sur l'épaule, destiné à mon crâne et esquivé. Je me suis retrouvé plié en deux et dépassé par la charge. J'ai tout de suite su que ce n'était pas un accident. C'était le début.

Cette génération se donnait une place et un droit d'exister. Elle prenait la parole, car il y a des circonstances dans lesquelles la parole doit être prise et gardée. Elle approfondissait sa différence.

Je glane ainsi un sens du mot indifférence : renoncer à établir ses propres différences. Ma jeunesse politique reconnaissait en revanche les siennes et ressentait donc passionnément les inégalités, les luttes de libération de tyrannies et d'empires coloniaux.

D'abord Naples, puis les jeunes de mon âge ont empêché mon indifférence.

Le livre de Moravia *Les indifférents* me rebutait déjà par son titre. Comment pouvait-on se distraire, se détourner, s'absenter dans le furibond XXe siècle ? Le siècle le plus violent de l'histoire et les indifférents ? Pour moi, c'étaient des déserteurs.

À vingt ans, je n'ai pas été envoyé dans une guerre. Grandi sur les ruines encore tièdes des destructions, j'ai sauté le service obligatoire des générations précédentes. Pour la première fois en Europe, un jeune de vingt ans échappait au massacre rituel, au sacrifice fumant sur les champs de bataille. Je devais forcément me rendre compte de la différence entre moi, mon père et mon grand-père, et encore plus loin en remontant.

La variante étrennée par ma condition d'indemne a comporté un sentiment de gratitude et de dette. L'Europe avait cessé de s'entre-déchirer. Ce que je considère, avec le traité de l'Union, comme le plus grand acquis politique du XXe siècle.

C'est la raison qui m'a incité à me mêler de la guerre revenue en Europe dans les années 1990. La Yougoslavie se disloquait en États et massacres minutieux, beaucoup d'Italiens se sont improvisés porteurs de premiers secours. De quelle façon, il est inutile de le rappeler ici. La guerre sur l'autre rive de la mer Adriatique gâtait la paix d'un grand nombre d'entre nous, impossible de nous contenter de regarder.

Je reviens sur mon sens personnel de l'indifférence : ne pas reconnaître la différence entre le vrai et le faux, entre la réalité et la fiction. C'est ainsi qu'on assiste à une violence, à un abus, à un acte incivil et qu'on se contente de regarder.

La réalité, reçue la plupart du temps à travers un écran, produit cet effet de spectacle. On est assis devant les événements, attestant être des spectateurs installés à l'orchestre. Personne ne se lèverait dans une salle pour faire irruption sur la scène et empêcher Othello de tuer Desdémone. Nos nerfs sont accordés sur la basse tension de l'étranger qui assiste.

À la brève flambée émotive fait suite la marée basse de repli dans sa propre coquille. Sur le sable, il reste des câbles défibrés, des troncs blanchis, des corps de noyés, de bombardés dans leur maison. Les vagues se sont retirées, il reste le rond laissé par le verre sur la table, tandis que le balai retire ses débris par terre.

C'est la posture du spectateur qui prime, mais personne ne l'est face à la réalité. La prétendue posture du spectateur est une imposture.

L'indifférence est une astuce pour tromper les sens, elle les étourdit le temps nécessaire pour ne pas intervenir. L'antidote a été écrit il y a très longtemps : aimer son prochain comme soi-même. Dans le Lévitique et ensuite dans l'héritage chrétien c'est un impératif. Aimer, ce n'est pas avoir de l'affection, veiller sur quelqu'un. C'est plus fort, le verbe demande de libérer la plus grande énergie du corps humain. Aucune circonstance atténuante ni épargne : c'est l'extrémisme de l'amour qui est prescrit. Sans profit, sans attendre d'être payé en retour, aimer ton prochain comme toi-même.

Alors, le monde entier doit-il retomber sur les épaules d'un seul ? Non, c'est pour ça qu'il est écrit : le prochain. C'est le superlatif de proche, c'est le plus proche, celui qui tombe dans le cercle immédiat des sens d'un autre. C'est de lui qu'il est tenu responsable. Son cri arrive droit dans l'ouïe de celui qui se trouve dans les parages, à travers le petit os acoustique appelé labyrinthe. C'est là qu'intervient l'indifférence. Dédale, premier ingénieur de l'égarement, fait perdre au cri le chemin de la sortie, celui qui conduit au cerveau, aux nerfs.

Le Labyrinthe de Dédale fut une ingénieuse prison à portes ouvertes. Aujourd'hui, c'est l'édifice de l'indifférence où le Minotaure enfermé se nourrit des cris pris au piège.

Un héros littéraire, Quichotte, connaît le même trouble de l'indifférence, ne pas distinguer la réalité de la fiction. Mais la réaction est opposée, Quichotte ne se prend jamais pour le spectateur d'une scène. Aussitôt impliqué, ému, appelé à intervenir, le signal d'alarme arrive droit à son cerveau sans obstacle dans le labyrinthe. Il voit une procession de fidèles avec des chants et des invocations qui portent la statue d'une madone. Il observe de loin et voit tout autre chose : une jeune fille enlevée par une foule de bandits. Sa charge solitaire fait promptement irruption dans la procession pour libérer la jeune fille : la foule est dispersée, la statue renversée, lui-même tourneboulé.

Et encore : un soir de halte dans une auberge on donne un spectacle de marionnettes pour les clients. Sur la scène, deux jeunes chrétiens s'enfuient, poursuivis par une bande de Maures qui sont sur le point de les rejoindre. Au moment crucial de l'histoire, Quichotte se lève, dégaine son épée et proclame : « Je ne permettrai jamais qu'en ma présence… » Il bondit sur le petit théâtre, le démolit à coups d'épée. Il a confondu encore une fois la réalité et la fiction.

Il a confondu : mais la réalité se cache souvent sous le déguisement d'un spectacle, faisant de nombreux perplexes, justifiant les indifférents. Quichotte non, lui seul voit la réalité sous le voile, lui seul la démasque et l'affronte : « Je ne permettrai jamais… » est sa licence d'intervention. Lui n'aurait pas laissé tuer Desdémone.

On rit de Quichotte, personnage inventé, on se moque de son disciple qui agit en son temps avec le même élan à secourir.

Cette page finale n'est pas un sermon, mais une tentative personnelle de comprendre l'indifférence. Dans le monde qui nous entoure les sujets douloureux s'accumulent, on ne parvient même pas à se tenir au courant de la quantité d'insultes au genre humain, aux animaux, au sol. L'avalanche pousse contre la porte de chez soi, on se défend avec le labyrinthe.

Mais chaque fois que la défense passive de l'indifférence cède en un point, ouvre une brèche, une tentative de réponse, d'intervention : chacune de ces fois-là est mise à l'actif d'une personne. Ce qui sera écrit dans la colonne avec le signe plus dépendra du nombre de fois où la ligne de l'indifférence aura été contournée, franchie.

Plus acérés les yeux qu'une faux aiguisée :
chaque ibis dans l'iris, la goutte de rosée…

et ils n'auraient pu voir qu'avec le plus grand mal
la multitude solitaire des étoiles[5].

OSSIP MANDELSTAM, février 1937, exil de Voronej

En conclusion

Partis des cauchemars d'un enfant dyslexique, nos deux monstres respectifs se sont dégagés de censures secrètes, de pudeurs. Je ne saurais dire s'ils ont été libérés ou bien enfermés dans ce livre.

Ils sont également le produit d'une amitié entre un grand monsieur du crayon et un écrivain de cahiers. L'œuvre sur papier nous réunit. À la fin, il reste une correspondance fraternelle.

Nous n'avons pas éradiqué ces monstres, nous les avons dénoncés devant l'assemblée de nous-mêmes. Ils continueront à danser la samba dans nos veilles, à donner des apnées dans nos sommeils. Ce livre n'est pas une thérapie, il ne force pas à l'expulsion des monstres résidents. Il affronte leur anatomie, illustrée et écrite.

Le dernier mot revient à Alessandro Mendini. Pour cette page finale, nous intervertissons l'ordre, mon écrit précède son dessin, qui conclut l'échange de notre balade bras dessus bras dessous.

Notes

1. La musique éprouvée.

2. Silence chanteur.

3. Maria dans le silence, le silence qui chante, / je ne te dis pas de mots d'amour / c'est le silence qui te les dit à ma place.

4. Roman paru en France sous le titre *Vienne au crépuscule.*

5. Ossip Mandelstam, *Les cahiers de Voronej (1935-1937)*, trad. Henri Abril, Circé, 1999.

Achevé d'imprimer en France par l'Imprimerie Corlet,
à Condé-en-Normandie.
N° d'imprimeur : 21100988.
Dépôt légal : janvier 2022.
N° d'édition : 357315.